E. B. White • Der Schwan mit der Trompete

OMNIBUS

DER AUTOR E. B. White (1899–1958) wuchs in Mount Vernon, New York, auf, wo sein Vater eine Klavierfabrik besaß. Nach Abschluss der Universität reiste er einige Jahre umher und nahm alle möglichen Jobs an, um sich über Wasser zu halten. Seine Reiselust führte ihn bis ins Packeis, schließlich ließ er sich in Manhattan nieder. Dort verbrachte er den Großteil seines Lebens und arbeitete als freier Mitarbeiter für den *New Yorker*.

E. B. White

Der Schwan mit der Trompete

Mit Illustrationen
von Edward Frascino

Aus dem Amerikanischen
von Janka Panskus

OMNIBUS

OMNIBUS

Band 21073

Der OMNIBUS
Taschenbuchverlag
gehört zu den
Kinder- & Jugendbuch-Verlagen
in der Verlagsgruppe
Random House

Umwelthinweis:
Dieses Buch wurde auf chlorfrei gebleichtem Papier gedruckt.

Erstmals als OMNIBUS Taschenbuch Mai 2001
Gesetzt nach den Regeln der Rechtschreibreform

Die Originalausgabe erschien unter dem Titel »The Trumpet of the Swan« bei HarperCollins Children's Books, New York

Übersetzung: Janka Panskus

bm · Herstellung: Peter Papenbrok
Satz: Uhl + Massopust, Aalen
Druck: Presse-Druck Augsburg
ISBN 3-570-21073-1
Printed in Germany

www.omnibus-verlag.de

10 9 8 7 6 5 4 3 2 1

Inhalt

Vorwort zur deutschen Ausgabe

»Der Schwan mit der Trompete« ist in den USA ein Kinderbuchklassiker, der Autor E. B. White ein bekannter Name, dessen Kinderbücher mit Kenneth Grahams »Wind in den Weiden« verglichen werden. Kein Wunder, ist diese Geschichte von dem Schwan, der keine Stimme hat und deshalb das Trompetespielen lernt, doch wundervoll erzählt. Eine poetische Geschichte über einen Außenseiter, der es schafft, seine Behinderung zu überwinden, und über eine der rührendsten Freundschaften zwischen Mensch und Tier, die man sich vorstellen kann. Dabei werden die Tiere weder verdummt noch zu stark vermenschlicht. Geschickt hält E. B. White die Waage zwischen der Vermittlung biologischen Wissens und einer Vermenschlichung der Tiere. Er kommt dem Interesse von Kindern an der Natur entgegen, und Sam ist mit seinem Wissensdrang ein Junge, mit dem sich viele Kinder identifizieren können.

Warum es erst jetzt zur deutschen Veröffentlichung des Buches (in den USA erschien es 1970) kommt, liegt daran, dass es in einigen Aspekten stark mit Amerika und seiner Kultur verbunden ist. Der Trompeterschwan ist eine Schwanenart, die vom Aussterben bedroht ist und nur noch in einzelnen Naturschutzgebieten in Nordamerika vorkommt (sowie in wenigen Zoos). Und die Trompete gehört seit dem Siegeszug des Jazz ebenfalls eng zum amerikanischen Kulturgut. Daran soll auch der Name des Trompeterschwans erinnern: Louis wie Louis Armstrong.

Aber die Geschichte entfaltet ihren Charme auch ohne dieses Wissen – und sind Kinder nicht auch neugierig? Gerade Unbekanntes, Kurioses hat seinen besonderen Reiz. Und seit wir uns immer stärker der amerikanischen Kultur öffnen, entwickeln auch Kinder und Jugendliche Interesse an den USA. Amerikanische Markenartikel, Spiel- und Sportgeräte (einschließlich der Computerspiele), Fernsehserien und Floskeln greifen immer mehr in unseren Alltag über. Doch wie gesagt – die Schönheit der Sprache, der Bilder, der Geschichte kann auch der genießen, der sich für all das nicht interessiert.

Aus oben beschriebenen Gründen haben wir uns dafür entschieden, Lieder, die zum typisch amerikanischen Kulturgut gehören, nicht zu übersetzen. Wer Interesse hat, findet aber eine Übersetzung im Anhang. Das Lied, das der Schwan Louis selbst komponiert, wurde dagegen ins Deutsche übertragen, da es sich hier nicht um amerikanisches Kulturgut handelt, sondern um eine Gefühlsäußerung von Louis, dem Schwan. Amerikanische Ausdrücke, geographische Angaben und Teilzitate aus Liedern wurden behutsam im folgenden Text erklärt.

Viel Spaß beim Lesen!

Janka Panskus

1. Kapitel

Sam

Sam lief zur Blockhütte zurück, wo er mit seinem Vater die Ferien verbrachte. Er hatte etwas entdeckt, und jetzt überlegte er, ob er seinem Vater davon erzählen sollte.

»*Eines* weiß ich jedenfalls«, sagte er zu sich. »Morgen werde ich wieder an den kleinen Weiher gehen, und dabei wäre ich gern allein. Wenn ich meinem Vater nun aber erzähle, was ich heute gesehen habe, wird er mitkommen wollen. Ob das wirklich so eine gute Idee ist?«

Sam war elf. Mit Nachnamen hieß er Beaver. Er war recht kräftig für sein Alter, und er hatte schwarze Haare und dunkle Augen wie ein Indianer. Sam bewegte sich auch wie ein Indianer: Er setzte immer einen Fuß direkt vor den anderen und lief beinahe lautlos. Gerade durchquerte er ein Sumpfgebiet. Es war schwierig, dort zu gehen, denn es gab keine Wege, und der Boden war schlammig. Alle paar Minuten zog Sam seinen Kompass aus der Hosentasche, um zu überprüfen, ob er auch wirklich in westliche Richtung lief. Kanada ist groß, und ein guter Teil davon ist Wildnis. Es wäre sehr gefährlich, sich in den Wäldern und Sümpfen Westkanadas zu verirren.

Während Sam weiterlief, musste er immerzu an das Wunder denken, das er gerade gesehen hatte. Es gibt nicht viele Menschen auf der Welt, die schon einmal das Nest eines Trompeterschwans zu Gesicht bekommen haben. An diesem Frühlingstag hatte Sam solch ein Nest an einem versteckten Weiher entdeckt. Und er hatte auch die zwei großen, weißen Vögel mit ihren langen, weißen Hälsen und den schwarzen Schnäbeln gesehen. Noch nie in seinem ganzen Leben hatte Sam etwas Ähnliches empfunden wie beim Anblick dieser zwei riesigen Schwäne an dem abgelegenen kleinen Weiher. Sie waren um so vieles größer als alle anderen Vögel, die er bislang gesehen hatte! Und auch ihr Nest war groß, ein Wall aus Gras und Ästen. Das Weibchen saß auf den Eiern, während das Männchen langsam im Wasser hin und her schwamm, um es zu beschützen.

Als Sam endlich, müde und hungrig, die Hütte erreichte, briet sein Vater gerade zwei Fische zum Mittagessen.

»Na, wo hast *du* denn gesteckt?«, fragte Mr. Beaver. »Auf Erkundung«, erwiderte Sam. »Ich war bei einem Weiher, etwa zwei Kilometer von hier. Es ist der, den wir beim Hinflug immer aus der Luft sehen. Er ist aber nichts Besonderes – er ist nicht annähernd so groß wie der See hier.«

»Hast du dort irgendetwas gesehen?«, fragte sein Vater.

»Na ja«, sagte Sam, »es ist ein Sumpfweiher mit viel Schilfrohr und Schachtelhalmen. Ich glaube nicht, dass man dort gut angeln kann. Und außerdem kommt man nur schwer dorthin – man muss einen Sumpf durchqueren.«

»Hast du etwas gesehen?«, wiederholte Mr. Beaver.

»Nur eine Bisamratte«, sagte Sam, »und ein paar Rotschulterstärlinge.«

Mr. Beaver erhob seinen Blick von dem Holzherd, auf dem die Fische zischend in einer großen Pfanne brieten.

»Sam«, sagte er, »ich weiß, dass du gerne auf Erkundung gehst. Aber vergiss bitte nicht, dass diese Wälder und Sümpfe nicht wie unser Zuhause in Montana sind. Solltest du jemals wieder zu dem Weiher gehen, pass bitte auf, dass du dich nicht verirrst. Und ich mag es auch nicht, wenn du durch Sumpfgebiet gehst. Sümpfe sind heimtückisch. Du könntest auf eine morastige Stelle treten und versinken, und es wäre niemand in der Nähe, der dich herausziehen könnte.«

»Ich werde aufpassen«, sagte Sam. Er hatte natürlich längst beschlossen, wieder zu dem Weiher zu gehen, an dem er die Schwäne gesehen hatte. Und er hatte nicht die Absicht, sich unterwegs im Wald zu verirren. Er fühlte sich erleichtert, dass er seinem Vater nichts von den Schwänen erzählt hatte, aber gleichzeitig hatte er auch ein merkwürdiges Gefühl dabei. Sam war nämlich kein verlogener Junge, aber in einer Hinsicht war er recht ungewöhnlich: Er behielt vieles lieber für sich. Und er war gern allein, vor allem, wenn er durch die Wälder streifte. Sam mochte das Leben auf der Rinderfarm seines Vaters in Montana. Er liebte seine Mutter. Er liebte Susi, sein Pony. Er liebte es, über die Weiden zu reiten. Und er liebte es, die Feriengäste zu beobachten, die jeden Sommer kamen, um auf der Farm seiner Eltern Urlaub zu machen.

Aber am meisten genoss er diese Campferien mit seinem Vater in Kanada. Seine Mutter hatte nicht viel für Wälder übrig, deshalb kam sie selten mit – für gewöhnlich waren Sam und sein Vater allein. Sie fuhren zuerst mit dem Auto bis zur Grenze und dann noch ein Stück nach Kanada hinein. Dort heuerte Mr. Beaver einen Buschpiloten an, der sie zu dem See flog, an dem ihre Blockhütte lag. Sie blieben ein paar Tage, ruhten aus, angelten und erkundeten die Gegend. Oder, besser gesagt: Mr. Beaver angelte und spannte aus, und Sam ging auf Erkundung. Schließlich kehrte der Pilot zurück, um sie abzuholen. Sein Name war Shorty. Sobald Mr. Beaver und Sam das Motorengeräusch seines Flugzeugs hörten, rannten sie aus dem Haus und winkten. Dann sahen sie zu, wie Shorty auf dem See landete und sein Flugzeug an den Landesteg brachte. Das waren die schönsten Tage in Sams Leben, diese Tage in den Wäldern, weit weg von allem – keine Autos, keine Straßen, keine Menschen, kein Lärm, keine Schule, keine Hausaufgaben und keine Sorgen, bis auf die Sorge, sich zu verirren. Und natürlich die Sorge, was er einmal werden sollte, wenn er groß war. *Diese* Sorge haben alle Jungen.

An jenem Abend saßen Sam und sein Vater nach dem Abendessen noch eine Weile auf der Veranda. Sam las in einem Buch über Vögel.

»Papa«, sagte Sam, »glaubst du, wir kommen in etwa einem Monat wieder hierher – ich meine, in ungefähr fünfunddreißig Tagen?«

»Ich denke, ja«, erwiderte sein Vater. »Ich hoffe es jedenfalls sehr. Aber warum ausgerechnet in fünfunddreißig Tagen? Was ist so Besonderes daran?«

»Ach, nichts«, sagte Sam. »Ich dachte nur, dass es hier in fünfunddreißig Tagen sehr schön sein könnte.«

»Das ist das Verrückteste, was ich jemals gehört habe«, sagte Mr. Beaver. »Hier ist es doch *immer* schön.«

Sam ging ins Haus. Er wusste recht viel über Vögel, und so wusste er auch, dass es etwa fünfunddreißig Tage dauert, bis ein Schwan seine Eier ausgebrütet hat. Sam hoffte, am Weiher sein zu können, wenn die Schwanenküken ausschlüpften.

Sam hielt jeden Tag seines Lebens in einem Tagebuch fest. Eigentlich war es nur ein gewöhnliches Notizbuch, das immer neben seinem Bett lag. Jeden Abend, bevor er sich schlafen legte, schrieb er etwas hinein. Er schrieb, was er unternommen hatte, was er gesehen hatte oder welche Gedanken er sich gemacht hatte. Manchmal zeichnete er auch etwas. Immer aber schrieb er als Letztes eine Frage auf, die er sich selbst stellte, damit er beim Einschlafen etwas zum Nachdenken hatte. An dem Tag, als er das Schwanennest entdeckte, schrieb Sam Folgendes in sein Tagebuch:

> Heute habe ich an einem kleinen Weiher östlich der Hütte ein Trompeterschwanpärchen gesehen. Das Weibchen hat ein Nest mit Eiern. Es lagen drei Eier darin, aber ich werde vier malen – ich glaube nämlich, sie legte gerade noch eins. Das ist die tollste Entdeckung, die ich in mei-

nem ganzen Leben gemacht habe! Daddy habe ich nichts davon erzählt. Morgen werde ich wieder hingehen, um die großen Schwäne noch einmal sehen zu können. Ich hörte heute auch einen Fuchs bellen. Warum bellt ein Fuchs? Bellt er, weil er wütend ist oder ängstlich oder hungrig oder weil er einem anderen Fuchs etwas sagen will? *Warum bellt ein Fuchs?*

Sam klappte sein Notizbuch zu, zog sich aus und krabbelte in seine Koje. Mit geschlossenen Augen lag er da und überlegte, warum ein Fuchs bellt. Wenige Minuten später war er bereits eingeschlafen.

2. Kapitel

Der Weiher

Nur selten verirrte sich ein Mensch an den Weiher, den Sam an jenem Frühlingsmorgen entdeckt hatte. Im Winter war der Weiher zugefroren. Schnee lag auf der Eisfläche, und der Weiher ruhte kalt und still unter seiner weißen Decke. Die meiste Zeit über war es totenstill. Der Frosch hielt Winterschlaf, und auch das Erdhörnchen schlief. Nur ein Häher ließ von Zeit zu Zeit seinen Ruf ertönen. Und manchmal hörte man des Nachts einen Fuchs; er bellte hoch und rau. Der Winter schien eine Ewigkeit zu dauern.

Dann kam jedoch eine Veränderung über Wald und Weiher. Warme, milde und sanfte Luft strich durch die Bäume. Das Eis, das bereits in der Nacht getaut war, begann zu schmelzen, und es bildeten sich offene Wasserstellen. Alle Lebewesen, die im Weiher oder im Wald lebten, freuten sich über die

Wärme. Sie hörten und fühlten den Atem des Frühlings, und sie regten sich mit neuem Leben und neuer Hoffnung. Es lag ein guter, neuer Geruch in der Luft, ein Geruch nach Erde, die aus langem Schlaf erwacht. Der Frosch, der sich am Grund des Weihers im Schlamm vergraben hatte, spürte, dass der Frühling Einzug hielt. Auch die Weidenmeise fühlte es und war entzückt. Die Füchsin, die in ihrem Bau döste, ahnte, dass sie nun bald Junge haben würde. Alle Geschöpfe wussten, dass jetzt eine bessere und leichtere Zeit anbrach, warme Tage und angenehme Nächte. Die Bäume schlugen aus, und die Knospen schwollen an. Die Vögel kehrten aus dem Süden zurück. Ein Entenpärchen flog an den Weiher. Auch die Rotschulterstärlinge fielen wieder ein und suchten den Weiher nach guten Nistplätzen ab. Ein kleiner Sperling mit weißer Kehle kam und sang: »Ach, wie schön ist's doch in Kanada, Kanada, Kanada!«

Wenn du an jenem ersten warmen Frühlingstag am Weiher gewesen wärst, hättest du am späten Nachmittag plötzlich aufgeregte Laute über dir hören können – Laute wie von Trompeten.

»Ko-hoh, ko-hoh!«

Und wenn du dann aufgeblickt hättest, hättest du über deinem Kopf zwei große, weiße Vögel gesehen. Sie flogen schnell, ihre Beine hatten sie nach hinten angelegt. Ihre mächtigen Flügel schlugen kraftvoll und gleichmäßig. »Ko-hoh, ko-hoh, ko-hoh!« Ein erregender Klang in der Luft; das Trompeten von Schwänen.

Als die Schwäne den Weiher entdeckten, begannen sie, über ihm zu kreisen. Sie wollten ihn sich genauer von oben besehen. Dann glitten sie herab und setzten im Wasser auf. Sie falteten ihre Flügel ordentlich zu ihren Seiten und reckten ihre Köpfe hierhin und dorthin, um ihre neue Umgebung zu betrachten. Es waren Trompeterschwäne, weiße Vögel mit schwarzen Schnäbeln. Der Anblick des Sumpfweihers hatte ihnen gefallen, und sie hatten beschlossen, ihn für eine Weile zu ihrem Zuhause zu machen und dort eine Familie zu gründen.

Die zwei Schwäne waren erschöpft vom langen Flug. Sie waren froh, nicht mehr in der Luft zu sein. Langsam paddelten sie im Wasser umher und begannen zu fressen, indem sie ihre Köpfe in das flache Wasser steckten und Wurzeln und Pflanzen vom Grund rupften. Die Schwäne waren ganz weiß, nur ihre Schnäbel und Füße waren schwarz. Ihre Köpfe trugen sie aufrecht und stolz. Seit ihrer Ankunft schien der Weiher mit einem Mal verändert.

In den folgenden Tagen ruhten die Schwäne sich aus. Wenn sie hungrig waren, fraßen sie. Wenn sie Durst hatten, was oft vorkam, tranken sie. Am zehnten Tag schließlich sah sich die Schwanenfrau nach einem geeigneten Platz für ihr Nest um.

Im Frühling steht bei Vögeln der Nestbau an erster Stelle: Er ist für sie in dieser Zeit das Wichtigste. Wenn das Weibchen einen guten Nistplatz findet, bestehen gute Aussichten, dass es seine Eier ausbrüten und die Jungen aufziehen kann. Wenn es dagegen einen schlechten Nistplatz wählt, kann es sein, dass es keine Familie gründen kann. Das wusste die Schwanenfrau; sie wusste, dass ihre Entscheidung äußerst gewichtig war.

Zuerst untersuchten die zwei Schwäne das obere Ende des Weihers, wo ein Bach träge zufloss. Es war schön dort, es wuchs viel Schilf und Rohrkolben. Rotschulterstärlinge nisteten in diesem Teil des Weihers, und ein Stockentenpärchen umwarb einander. Anschließend schwammen die Schwäne an das untere Ende des Weihers, wo es sumpfig war. Bäume standen zur einen Seite des Wassers, zur anderen lag eine Rotwildwiese. Hier war es einsam. Vom Ufer ragte ein Sandstreifen in den Weiher hinein, fast wie eine kleine Halbinsel. Und ein paar Meter weiter im Wasser befand sich eine winzige Insel. Sie war kaum größer als ein Esstisch. Ein kleiner Baum wuchs auf der Insel, und es gab dort Steine, Farnkraut und Gras.

»Sieh dir das an!«, rief die Schwanenfrau aus, während sie um die Insel herumschwamm.

»Ko-hoh!«, erwiderte ihr Gatte, der es liebte, nach seiner Meinung gefragt zu werden.

Vorsichtig betrat die Schwanenfrau die kleine Insel. Der Ort schien wie für sie geschaffen – genau richtig für einen Nistplatz. Während der Schwan in ihrer Nähe umherschwamm und sie im Auge behielt, suchte sie den Boden ab. Als sie auf eine schöne Stelle stieß, ließ sie sich nieder. Sie wollte erproben, wie es sich anfühlte, dort zu sitzen. Sie entschied, dass die Stelle die richtige Größe für ihren Körper hatte. Der Platz lag auch günstig, nicht einmal einen Meter vom Wasser entfernt. Sehr bequem. Die Schwanenfrau wandte sich an ihren Mann.

»Was hältst du davon?«

»Eine ideale Stelle!«, entgegnete er. »Und ich werde dir auch sagen, *warum*«, fuhr er majestätisch fort. »Falls nämlich ein Feind – ein Fuchs oder ein Waschbär, ein Kojote oder ein Stinktier – sich der Stelle mit Mordabsichten nähern will, muss er notgedrungen durchs Wasser laufen und sich nass machen. Aber zuvor muss er erst noch bis zur Spitze der Halbinsel laufen. Und bis dahin haben wir ihn längst gesehen oder gehört, und ich mache ihm die Hölle heiß.«

Der Schwan streckte seine großen Schwingen aus, die von der einen Flügelspitze bis zur anderen beinahe zweieinhalb Meter maßen, und versetzte dem Wasser einen kräftigen Schlag, um seine Stärke zu beweisen. Gleich fühlte er sich besser. Wenn ein Trompeterschwan einen Widersacher mit dem Flügel schlägt, ist das etwa so, als würde man von einem Baseballschläger getroffen.

Seine Frau tat, als bemerke sie nicht, dass ihr Mann ein wenig angab, aber sie sah es natürlich doch, und sie war stolz auf seine Stärke und seine Furchtlosigkeit. Sie hatte eben einen guten Ehemann.

Der Schwan wandte sich wieder seiner schönen Gattin zu, die noch immer auf der winzigen Insel saß. Zu seiner großen Freude fing sie an, langsam auf der Stelle im Kreis umherzugehen und Schlamm und Gras niederzutreten: die ersten Bewegungen des Nestbaus. Zuerst kauert sich das Schwanenweibchen auf die Stelle, die es sich ausgesucht hat. Dann geht es im Kreis umher, tritt die Erde mit seinen breiten Füßen mit den Schwimmhäuten fest und schafft eine kleine Vertiefung, sodass die Stelle die Form einer Untertasse bekommt. Dann reckt sich das Weibchen, zieht Zweige und Gras zu sich heran und lässt diese neben sich und unter ihren Schwanz fallen. Auf diese Weise passt sich das Nest ihrer Körperform an.

Der Schwan schwamm dichter an seine Gattin heran. Er beobachtete jede ihrer Bewegungen genau.

»Und jetzt ein mittelgroßes Stöckchen, meine Liebe«, sagte er. Und sie streckte ihren prächtigen, langen weißen Hals vor, soweit sie nur konnte, hob mit dem Schnabel einen Stock auf und legte ihn neben sich.

»Und jetzt wieder ein wenig grobes Gras«, sagte der Schwan würdevoll.

Und die Schwanenfrau langte nach Gras, Moos

und Zweigen – nach allem, was sich in ihrer Reichweite befand. Langsam und mit Bedacht baute sie am Nest, bis sie auf einer großen, grasbedeckten Erhebung saß. Sie arbeitete mehrere Stunden daran, dann beendete sie die Arbeit für den Tag und glitt wieder in den Teich zurück, um ein wenig zu trinken und zu Mittag zu essen.

»Ein guter Anfang!«, sagte der Schwan, als er zurück zum Nest blickte. »Ein vollendeter Beginn! Ich weiß gar nicht, wie du das machst.«

»Es kommt ganz von selbst«, erwiderte seine Frau. »Es ist viel Arbeit, aber alles in allem ist es eine schöne Arbeit.«

»Ja«, sagte der Schwan. »Und wenn du damit fertig bist, kannst du etwas vorzeigen – du hast dann ein richtiges Schwanennest mit einem Durchmesser von einem Meter achtzig. Welcher andere Vogel kann das schon von sich behaupten?«

»Hm«, überlegte seine Frau, »vielleicht ein Adler.«

»Ja, aber in dem Fall wäre es kein Schwanennest, sondern ein Adlerhorst, und es befände sich hoch oben in irgendeinem alten, toten Baum und nicht auf dem Boden in der Nähe von Wasser, mit all den Annehmlichkeiten, die damit verbunden sind.«

Darüber mussten beide lachen. Dann begannen sie zu trompeten, sich Wasser auf den Rücken zu spritzen und auf dem Weiher herumzuflitzen, als wären sie auf einmal übergeschnappt.

»Ko-hoh! Ko-hoh! Ko-hoh!«, riefen sie.

Alle Lebewesen im Umkreis von zwei Kilometern konnten das Trompeten der Schwäne hören. Der Fuchs hörte es, der Waschbär hörte es, und das Stinktier hörte es. Doch es war auch ein Ohrenpaar darunter, das keinem Tier gehörte. Aber das wussten die Schwäne nicht.

3. Kapitel

Ein stiller Beobachter

Eines Tages, es war etwa eine Woche vergangen, glitt die Schwanenfrau lautlos in ihr Nest und legte ein Ei. Sie versuchte jetzt, jeden Tag ein Ei zu legen. Manchmal gelang es ihr, manchmal auch nicht. Mittlerweile waren es drei Eier, und sie war gerade im Begriff, ein viertes zu legen.

Als sie so auf dem Nest saß – ihr Gatte schwamm wie immer in ihrer Nähe auf dem Wasser umher –, hatte sie das merkwürdige Gefühl, sie würde beobachtet. Das beunruhigte sie. Vögel mögen es nicht, wenn man sie anstarrt, besonders wenn sie gerade brüten. Deshalb schaute sich die Schwanenfrau suchend nach allen Seiten um. Sie spähte auch zu dem Sandstreifen hinüber, der fast bis zur Insel in das Wasser hineinragte. Mit ihren scharfen Augen suchte sie das nahe gelegene Ufer nach einem Eindringling ab. Was sie schließlich dort sah, versetzte ihr den größten Schreck ihres Lebens. Auf der Halbinsel saß auf einem Baumstamm ein kleiner Junge. Er verweilte dort allerdings sehr friedlich, und er hatte auch kein Gewehr bei sich.

»Siehst du, was ich sehe?«, flüsterte die Schwanenfrau ihrem Gatten zu.

»Nein. Was denn?«

»Dort drüben. Auf dem Baumstamm. Da sitzt ein Menschenjunge! Was machen wir jetzt bloß?«

»Wie verirrt sich denn ein Junge hierher?«, wisperte der Schwan. »Wir sind doch tief in der Wildnis von Kanada. Kilometer um uns herum gibt es keine Menschenseele.«

»Das habe ich auch gedacht«, erwiderte sie. »Aber wenn das da drüben kein Junge ist, dann will ich nicht länger ein Schwan sein.«

Der Schwan war aufgebracht. »Ich bin doch nicht den ganzen Weg nach Kanada geflogen, um hier auf einen *Jungen* zu treffen«, sagte er. »Wir kamen schließlich extra zu diesem idyllischen Plätzchen, diesem abgelegenen Schlupfwinkel, um uns wohlverdienter Ruhe und Zurückgezogenheit zu erfreuen.«

»Mich betrübt der Anblick des Jungen ja auch«, sagte seine Frau, »aber ich muss ihm zugute halten, dass er sich ordentlich benimmt. Er hat uns gesehen, aber er wirft trotzdem nicht mit Steinen nach uns. Und auch nicht mit Stöcken. Er tut nichts Böses. Er beobachtet uns nur.«

»Ich *wünsche* aber nicht, beobachtet zu werden«, beschwerte sich der Schwan. »Ich bin doch nicht die weite Strecke ins Herz von Kanada gereist, um dann hier beobachtet zu werden. Außerdem will ich nicht, dass *du* beobachtet wirst – außer von mir. Du bist schließlich gerade dabei, ein Ei zu legen – zumindest *hoffe* ich das –, und da hast du das Recht auf deine Ruhe. Nach meiner bisherigen Erfahrung werfen alle kleinen Jungen mit Steinen und Stöcken, das liegt in ihrer Natur. Ich werde also besser zu ihm gehen und ihm mit meinen kräftigen Flügeln einen Schlag versetzen, dass er denkt, ein Knüppel hätte ihn getroffen. Ich werde ihn fertig machen!«

»Nicht so voreilig!«, sagte die Schwanenfrau. »Es gibt schließlich keinen Grund für einen Kampf. Der Junge belästigt mich im Moment nicht. Und dich auch nicht.«

»Aber wie ist er denn überhaupt hierher gekommen?«, sagte der Schwan, der inzwischen nicht mehr flüsterte, sondern immer lauter und lauter schrie. »Kleine Jungen können nicht fliegen, und in diesem Teil Kanadas gibt es keine Straßen. Die nächste Schnellstraße befindet sich achtzig Kilometer von hier entfernt.«

»Vielleicht hat er sich verirrt«, sagte die Schwanenfrau. »Vielleicht ist er sogar am Verhungern. Möglicherweise hat er vor, das Nest auszurauben und die Eier aufzuessen, aber das glaube ich nicht. Er sieht nicht hungrig aus. Da ich nun jedenfalls schon mal mit dem Nest begonnen und bereits drei wunderschöne Eier gelegt habe und da sich der Junge im Moment noch recht anständig benimmt, werde ich jetzt weitermachen und versuchen, ein viertes Ei zu legen.«

»Viel Glück dabei, meine Liebe!«, sagte der Schwan. »Ich werde an deiner Seite bleiben, um dich zu verteidigen, falls etwas geschieht. Du kannst dich also ganz beruhigt daranmachen, das Ei zu legen!«

In der darauf folgenden Stunde paddelte der Schwan langsam immer wieder um die winzige Insel herum und hielt Wache. Seine Frau verharrte derweil regungslos auf dem Nest. Sam saß auf seinem Baumstamm und bewegte kaum einen Muskel. Er war wie gebannt vom Anblick der Schwäne. Es waren die größten Wasservögel, die er jemals gesehen hatte. Er hatte ihr Trompeten gehört und war dann so lange in den Wäldern und Sümpfen umhergestreift, bis er den Weiher und das Nest gefunden hatte. Sam wusste genug über Schwäne, um zu wissen, dass diese hier Trompeterschwäne waren. Sam war immer sehr glücklich, wenn er bei den Tieren in der freien Natur sein konnte. Und während er jetzt die Schwäne beobachtete, durchflutete ihn dasselbe Glücksgefühl, das manche Menschen in Kirchen überkommt.

Sam sah den Schwänen eine Stunde lang zu, dann stand er auf und begab sich langsam und leise auf den Rückweg. Dabei setzte er wie ein Indianer immer einen Fuß vor den anderen und machte fast kein Geräusch. Die Schwäne sahen ihm nach, wie er sich immer weiter von ihnen entfernte. Schließlich glitt die Schwanenfrau vom Nest. Sie drehte sich noch einmal um und schaute hinein. Und da lag, sicher in ihren weichen Federn am Boden des Nestes geborgen, das vierte Ei. Ihr Mann watschelte auf die Insel und warf ebenfalls einen Blick hinein.

»Ein wahres Meisterwerk!«, rief er aus. »Ein Ei von herausragender Schönheit und vollendeten Maßen! Ich würde schätzen, dass es beinahe dreizehn Zentimeter lang ist.«

Seine Frau war glücklich.

Als die Frau des Schwans fünf Eier gelegt hatte, war sie zufrieden und betrachtete sie voller Stolz. Dann setzte sie sich wieder auf das Nest, um die Eier zu wärmen. Mit dem Schnabel schubste sie jedes Ei vorsichtig zu sich heran, damit es genug Körperwärme abbekam. Währenddessen schwamm der Schwan in ihrer Nähe auf dem Wasser herum, um ihr Gesellschaft zu leisten und sie vor Feinden zu beschützen. Er wusste, dass sich irgendwo im Wald ein Fuchs herumtrieb; man hörte ihn manchmal in der Nacht bellen, wenn seine Jagd erfolgreich gewesen war.

Die Tage vergingen und noch immer hockte die Schwanenfrau regungslos auf den Eiern. Auch die Nächte verstrichen. Und die ganze Zeit über saß die

Schwanenfrau da und spendete den Eiern ihre Wärme. Niemand störte sie dabei. Der Junge war verschwunden – und vielleicht würde er nie wiederkommen. Inzwischen geschah im Inneren der Eier etwas, das die Schwanenfrau nicht sehen konnte: In jedem Ei wuchs ein kleiner Schwan heran. Allmählich verstrichen die Wochen; die Tage wurden länger und die Nächte kürzer. Doch selbst an Regentagen blieb die Schwanenfrau still auf dem Nest sitzen und ließ es regnen.

»Liebling«, sprach ihr Gatte sie eines Nachmittags an, »wird dir deine Aufgabe denn eigentlich nie unangenehm oder lästig? Wirst du es nie leid, auf ein und derselben Stelle in ein und derselben Stellung zu hocken und die Eier zu wärmen, so ganz ohne Ablenkung, Vergnügungen, Zerstreuungen oder kleine Freuden? Langweilst du dich denn gar nie?«

»Nein«, erwiderte seine Gattin. »Nicht wirklich, jedenfalls.«

»Sitzt es sich denn nicht unbequem auf den Eiern?«

»Doch, ja«, entgegnete seine Frau. »Aber mit einem gewissen Maß an Unbequemlichkeit kann ich leben, wenn ich weiß, dass ich dadurch junge Schwäne ausbrüte.«

»Weißt du denn auch, wie viele Tage du noch brüten musst?«, fragte er.

»Ich habe keine Ahnung«, sagte sie. »Aber ich habe gesehen, dass die Enten auf der anderen Seite des Weihers ihre Küken schon haben; und auch die Küken der Rotschulterstärlinge sind bereits ausgeschlüpft. Und neulich Abend sah ich ein gestreiftes Stinktier am Ufer entlanglaufen, hinter dem vier kleine Stinktiere herliefen. Demnach glaube ich, dass wir uns langsam dem Ende nähern. Mit ein bisschen Glück werden wir schon bald unsere Kinder zu Gesicht bekommen – unsere wunderschönen kleinen Schwanenkinder.«

»Plagt dich denn niemals Hunger oder Durst?«, fragte der Schwan weiter.

»Doch«, sagte seine Frau. »Tatsächlich könnte ich gerade im Moment einen Schluck gebrauchen.«

Es war ein warmer Nachmittag; die Sonne schien hell. Die Schwanenfrau entschied, dass sie ihre Eier gefahrlos für einige Minuten allein lassen konnte. Sie erhob sich und schob ein paar lose Federn über die Eier, um sie zu verdecken und in ihrer Abwesenheit warm einzuhüllen. Erst dann lief sie ans Wasser und trank mehrere schnelle Schlucke. Anschließend schwamm sie zu einer seichten Stelle, steckte ihren Kopf unter Wasser und zog zarte Grünpflanzen vom Grund herauf. Als Nächstes badete sie, indem sie sich mit Wasser bewarf. Schließlich watschelte sie zu einer grasbedeckten Sandbank und putzte im Stehen ihr Gefieder.

Die Schwanenfrau fühlte sich gut. Sie ahnte nicht, dass ein Feind in ihrer Nähe war. Sie bemerkte den Rotfuchs nicht, der sie aus seinem Versteck hinter dem Gebüsch beobachtete. Das Geräusch von spritzendem Wasser hatte den Fuchs an den Teich gelockt. Er hoffte, dort eine Gans zu finden. Jetzt nahm er Witterung auf und roch den Schwan. Da die Schwanenfrau ihm den Rücken zugekehrt hatte, schlich er langsam auf sie zu. Sie würde zwar zu schwer für ihn sein, aber er beschloss, sie trotzdem zu töten. Ihn dürstete nach Blut. Der Schwan, der im Weiher umherschwamm, erspähte den Fuchs als Erster.

»Achtung!«, trompetete er. »Ein Fuchs schleicht

sich gerade an dich heran, selbst während ich dir das sage. Seine Augen leuchten blutrünstig, sein buschiger Schwanz ist gereckt, und sein Bauch schleift beinahe am Grund! Du bist in großer Gefahr! Wir müssen auf der Stelle handeln!«

Während der Schwan noch damit beschäftigt war, seine Gattin mit gewählten Worten zu warnen, geschah etwas, das alle überraschte. Gerade als der Fuchs springen und seine Zähne in den Hals der Schwanenfrau schlagen wollte, kam ein Stock durch die Luft gesaust. Er traf den Fuchs direkt auf der Nase. Sofort machte der Fuchs kehrt und rannte davon. Die zwei Schwäne konnten sich nicht erklären, was passiert war. Dann nahmen sie eine Bewegung im Gebüsch wahr. Heraus trat Sam Beaver, der Junge, der vor einem Monat schon einmal hier gewesen war. Er grinste. In seiner Hand hielt er einen zweiten Stock, für den Fall, dass der Fuchs zurückkehren sollte. Doch der Fuchs war nicht in der Laune, zurückzukehren. Seine Nase schmerzte fürchterlich, und der Appetit auf frisches Schwanenfleisch war ihm gründlich vergangen.

»Hallo«, sagte Sam leise.

»Ko-hoh, ko-hoh!«, erwiderte der Schwan.

»Ko-hoh!«, sagte seine Gattin. Der Weiher hallte von den Trompetenklängen wider – sie kündeten vom Triumph über den Fuchs, von Sieg und Freude.

Sam erbebte innerlich bei den Schwanenlauten, die einige Leute mit dem Klang von Waldhörnern vergleichen. Langsam ging er am Ufer entlang zu der kleinen Landspitze, die bis in die Nähe der Insel reichte, und setzte sich auf den Baumstamm. Die Schwäne wussten nun ohne den geringsten Zweifel, dass der Junge ihr Freund war. Er hatte der Schwanenfrau das Leben gerettet. Er war zum richtigen Zeitpunkt am richtigen Ort mit der richtigen Waffe erschienen. Dafür waren ihm die Schwäne sehr dankbar. Der Schwan schwamm zur Halbinsel hinüber, trat ans Ufer und lief auf Sam zu. Kurz vor ihm blieb er stehen und blickte Sam eine Weile lang freundlich mit anmutig gebogenem Hals an. Dann streckte er seinen Hals vorsichtig so weit vor, dass er den Jungen fast berührte. Sam bewegte keinen einzigen Muskel. Sein Herz pochte vor Aufregung und Freude.

Die Schwanenfrau paddelte inzwischen zu ihrem Nest zurück, um weiterzubrüten. Sie war glücklich, dass sie noch am Leben war.

Bevor Sam an diesem Abend in seine Koje in der Blockhütte kroch, nahm er sein Notizbuch zur Hand und schrieb Folgendes hinein:

> Für mich gibt es nichts Schöneres auf der Welt als ein Nest mit Eiern. Ein Ei ist das Vollkommenste, was es gibt, weil Leben in ihm ist. Es ist schön und geheimnisvoll. Ein Ei ist viel toller als ein Tennisball oder ein Stück Seife. Ein Tennisball ist und bleibt immer nur ein Tennisball. Ein Stück Seife ist und bleibt immer nur ein Stück Seife – bis es so klein ist, dass keiner es mehr haben will und jemand es wegwirft. Aber ein Ei wird eines Tages zu einem lebendigen Wesen. Aus einem Schwanenei schlüpft irgendwann ein junger Schwan. Ein Nest ist beinahe ebenso erstaunlich wie ein Ei. Woher weiß ein Vogel, wie er sein Nest bauen muss? Niemand hat es ihm beigebracht. Woher weiß ein Vogel, wie man ein Nest baut?

Sam klappte sein Notizbuch zu. Er sagte seinem Vater Gute Nacht, blies seine Lampe aus und kletterte in seine Koje. Dort lag er und grübelte, woher ein Vogel wusste, wie man ein Nest baut. Schon bald fielen ihm die Augen zu, und er war eingeschlafen.

4. Kapitel

Die jungen Schwäne

In der Nacht glaubte die Schwanenfrau, ein Picken gegen die Eierschalen zu hören. Und eine Stunde vor Sonnenaufgang war sie sich sicher, eine schwache Regung unter ihrer Brust zu spüren, als würde sich dort ein winziger Körper bewegen. Vielleicht schlüpften jetzt endlich die Küken aus! Denn da Eier sich nicht bewegen können, entschied die Schwanenfrau, dass sich unter ihr etwas befinden musste, das kein Ei war. Sie verharrte vollkommen reglos und horchte und schaute nur. Ihr Mann schwamm wie immer in ihrer Nähe auf Wachposten.

Ein kleines Schwanenküken, das in einem Ei steckt, hat große Mühe, dort herauszukommen. Es würde das nicht schaffen, wenn die Natur es nicht mit zwei wichtigen Dingen ausgestattet hätte: einem kräftigen Halsmuskel und einem kleinen, dolchartigen Zahn an der Schnabelspitze. Dieser so genannte Eizahn ist scharf, und das Schwanenküken benutzt ihn, um in die harte Schale des Eis ein Loch zu picken. Wenn erst einmal ein Loch da ist, geht der Rest schon leichter. Das Küken bekommt nun Luft; jetzt muss es nur noch so lange zappeln, bis es frei ist.

Der Schwan erwartete jede Minute, Vater zu werden. Der Gedanke daran stimmte ihn poetisch und erfüllte ihn mit Stolz. Er sprach zu seiner Frau.

»Ich gleite übers Wasser nach Schwanenart«, sagte er, »während die Erde in Wunder und Schönheit getaucht ist. Zögernd erscheint am Firmament das erste Licht, aber noch hängen Nebelschleier über dem Weiher. Doch der Vorhang hebt sich langsam wie Dampf über einem Kessel. Und ich gleite übers Wasser nach Schwanenart, während die Küken ausschlüpfen und ins Leben treten. Ich gleite und gleite immerdar. Das Licht wird heller, die Luft erwärmt sich. Langsam löst der Nebel sich auf. Und ich gleite, gleite nach Schwanenart. Die Vögel singen ihr Morgenlied, und die Frösche, die nächtens quakten, verstummen. Und unaufhörlich gleite ich wie ein Schwan dahin.«

»Natürlich gleitest du wie ein Schwan«, sagte seine Gattin. »Wie solltest du denn sonst gleiten? Du kannst ja wohl schlecht wie ein Elch gleiten, oder?«

»Nein, natürlich nicht. Das ist wahr. Danke, meine Liebe, dass du mich verbessert hast.« Der Schwan fühlte sich von der vernünftigen Bemerkung seiner

Frau ernüchtert. Er liebte es, sich gewählt und elegant auszudrücken, und ihm gefiel die Vorstellung, dass er nach Schwanenart über das Wasser glitt. Er beschloss, lieber mehr zu gleiten und weniger zu reden.

Den ganzen Vormittag lang hörte die Schwanenfrau das Picken gegen die Eierschalen. Und von Zeit zu Zeit fühlte sie, wie sich unter ihr etwas bewegte. Es war ein merkwürdiges Gefühl. So viele Tage waren die Eier ruhig gewesen – fünfunddreißig Tage im Ganzen –, und jetzt regte sich endlich Leben in ihnen. Die Schwanenfrau wusste, dass sie still sitzen bleiben musste.

Am späten Nachmittag wurde die Schwanenfrau endlich für ihre Geduld belohnt. Als sie an sich hinunterblickte, tauchte zwischen ihren Federn ein winziger Kopf auf – das erste Schwanenküken stieß ihr Gefieder zur Seite. Es war weich und über und über mit Flaum bedeckt. Im Gegensatz zu seinen Eltern war es grau. Seine Beine und Füße hatten die Farbe von Senf. Seine Augen waren hell. Auf wackeligen Beinen stieß es sich den Weg frei, bis es neben seiner Mutter stand. Es schaute sich in der Welt um, die es zum ersten Mal erblickte. Seine Mutter sprach sanft zu ihm, und es war froh, ihre Stimme zu hören. Es freute sich auch darüber, endlich Luft atmen zu können, nachdem es so lange im Ei eingesperrt gewesen war.

Der Schwan, der den ganzen Tag lang gespannt

das Nest im Auge behalten hatte, sah den kleinen Kopf ebenfalls zum Vorschein kommen. Sein Herz machte einen Freudensprung. »Ein junger Schwan!«, rief er. »Endlich ein junger Schwan! Ich bin endlich Vater, mit all den schönen Pflichten und den Ehrfurcht einflößenden Verantwortlichkeiten, die dazugehören. O du mein gesegneter kleiner Sohn, wie schön ist es, dein Gesicht zu sehen, wie es durch die schützenden Brustfedern deiner Mutter hervorschaut, während der Himmel hell erstrahlt und der Weiher ruhig und friedlich in dem langen Licht der Nachmittagssonne liegt!«

»Was verführt dich zu der Annahme, es wäre ein Sohn?«, erkundigte sich seine Frau. »Nach allen sonstigen Regeln und Gewohnheiten ist es eine Tochter. Jedenfalls ist es ein Schwanenkind, und es ist gesund und wohlauf. Ich kann noch mehr Küken unter mir spüren. Vielleicht bekommen wir eine gute Brut. Möglicherweise schlüpfen sogar alle fünf. Morgen werden wir es wissen.«

»Ich bin da äußerst zuversichtlich«, sagte der Schwan.

Am nächsten Morgen kroch Sam Beaver schon sehr früh aus seiner Koje, während sein Vater noch schlief. Sam kleidete sich an und machte Feuer im Herd. Er briet sich ein paar Speckstreifen, röstete zwei Scheiben Brot und schenkte sich ein Glas Milch ein. Dann setzte er sich und aß sein Frühstück. Als er damit fertig war, suchte er einen Stift und Papier und schrieb eine kurze Notiz für seinen Vater.

> Ich bin spazieren. Bin zum Mittagessen wieder da.

Sam legte den Zettel so hin, dass sein Vater ihn sehen würde; dann nahm er Fernglas und Kompass, befestigte sein Jagdmesser an seinem Gürtel und begab sich auf den Weg zum Weiher, an dem die Schwäne lebten.

Vorsichtig näherte er sich dem Weiher, das Fernglas hing über seiner Schulter. Es war erst kurz nach sieben Uhr; die Sonne war noch fahl und es war kühl. Die Morgenluft roch wunderbar. Sam lief zum Baumstamm, setzte sich darauf und stellte sein Fernglas scharf. Durch das Fernglas schien das nistende Schwanenweibchen nur ein paar Meter von Sam entfernt zu sein. Es saß eng an den Boden gedrückt und bewegte sich nicht. Der Schwan war in ihrer Nähe. Beide Vögel lauschten und warteten. Sie bemerkten Sam, aber es störte sie nicht, dass er da war – im Gegenteil, sie mochten es sogar. Was sie allerdings befremdete, war das Fernglas.

»Der Junge scheint mir heute aber sehr große Augen zu haben«, flüsterte der Schwan. »Sie sind riesig.«

»Ich glaube, die großen Augen sind in Wirklichkeit ein Fernglas«, sagte seine Frau. »Ich bin mir nicht sicher, aber ich glaube, wenn man durch ein Fernglas guckt, erscheint alles näher und größer.«

»Sehe ich dann durch das Fernglas des Jungen noch größer aus, als ich schon bin?«, fragte der Schwan hoffnungsvoll.

»Ich glaube schon«, sagte die Schwanenfrau.

»Ah, das *gefällt* mir«, sagte der Schwan. »Das gefällt mir sogar sehr gut. Vielleicht macht mich das Fernglas des Jungen ja nicht nur größer, sondern auch noch edler und anmutiger. Was meinst du?«

»Durchaus möglich«, sagte seine Frau, »aber es ist nicht sehr wahrscheinlich. Außerdem ist es besser, wenn du nicht *zu* edel und anmutig wirst – das könnte dir zu Kopf steigen. Du bist nämlich ein sehr eitler Vogel.«

»Alle Schwäne sind eitel«, entgegnete der Schwan. »Und für Schwäne ist es auch normal, stolz zu sein und anmutig – so sind Schwäne nun einmal.«

Sam konnte nicht verstehen, was die Schwäne sagten; er wusste nur, dass sie sich unterhielten, und es erregte ihn, sie sprechen zu hören. Es genügte ihm vollauf, diesen zwei großen Vögeln in der Wildnis Gesellschaft zu leisten. Er war durch und durch glücklich.

Als der Vormittag fortschritt und die Sonne höher am Himmel stand, hob Sam erneut sein Fernglas und stellte es auf das Nest ein. Endlich sah er, weswegen er hergekommen war: einen winzigen Kopf, der sich durch die Federn seiner Mutter schob, den Kopf eines

Trompeterschwankükens. Das Küken kletterte auf den Rand des Nestes. Sam konnte seinen grauen Kopf und Hals sehen, seinen Rumpf, der von weichen Daunen bedeckt war, und seine gelben Beine und Füße mit den Schwimmhäuten. Schon bald kam ein weiteres Küken zum Vorschein. Und dann noch eines. Das erste Küken arbeitete sich mühselig wieder zum Gefieder seiner Mutter zurück, um sich zu wärmen. Ein anderes versuchte, auf den Rücken seiner Mutter zu klettern, aber ihre Federn waren zu glatt, und es rutschte herunter. Zierlich ließ es sich neben seiner Mutter nieder. Die Schwanenfrau saß die ganze Zeit über nur da und freute sich über ihre Kinder. Sie beobachtete, wie diese allmählich lernten, ihre Beine zu gebrauchen.

Eine Stunde später schlüpfte ein Küken, das etwas frecher und wagemutiger war als die anderen, aus dem Nest heraus und lief, noch immer etwas zittrig, am Ufer der kleinen Insel auf und ab. Da erhob sich seine Mutter. Sie entschied, dass es an der Zeit war, ihre Kinder ans Wasser zu führen.

»Kommt!«, sagte sie. »Und bleibt alle beieinander! Schaut genau zu, was ich machen werde. Das müsst ihr dann nur nachmachen. Schwimmen ist nicht schwer.«

»Eins, zwei, drei, vier, fünf«, zählte Sam. »Eins, zwei, drei, vier, fünf. Fünf Schwanenküken, so wahr ich lebe!«

Als der Schwan sah, wie seine Kinder auf das

Wasser zuliefen, hatte er das Gefühl, jetzt sei er als Vater gefragt. Er begann damit, indem er eine Rede hielt.

»Willkommen am Weiher und dem angrenzenden Sumpf!«, sagte er. »Willkommen in der Welt, in der sich dieser abgelegene Weiher befindet und dieses herrliche Sumpfgebiet, das noch wild und unberührt ist! Willkommen im Sonnenlicht, in Schatten, Wind und Wetter; willkommen am Wasser! Das Wasser ist das besondere Element der Schwäne, wie ihr bald lernen werdet. Schwimmen ist für einen Schwan nicht schwierig. Willkommen in der Gefahr, vor der ihr euch immer hüten müsst – vor dem bösen Fuchs mit seinen leisen Pfoten und seinen scharfen Zähnen, vor dem angriffslustigen Otter, der unter euch taucht und euch an den Beinen zu packen versucht, vor dem widerlichen Stinktier, das immer nachts jagt und mit der Dunkelheit verschmilzt, und vor dem Kojoten, der größer ist als ein Fuchs und heult und auf euch Jagd macht. Gebt acht auf die Bleikugeln aus den Gewehren der Jäger, die auf dem Grund aller Teiche liegen. Esst sie ja nicht – ihr vergiftet euch sonst! Seid immer wachsam, stark, tapfer und stolz und folgt mir *immer* und *unter allen Umständen*! Ich werde euch anführen, dann folgt ihr mir in einer Reihe, und eure aufopferungsvolle Mutter wird den Schluss bilden. Betretet das Wasser ruhig und zuversichtlich!«

Die Schwanenmutter war froh, dass die Rede vorüber war. Sie trat ins Wasser und rief ihre Kinder zu sich. Die Küken starrten erst eine Sekunde lang auf die Wasseroberfläche, dann torkelten sie vorwärts, ließen sich ins Wasser plumpsen und schwammen obenauf. Das Wasser fühlte sich gut an. Schwimmen war wirklich einfach – es war gar nichts dabei! Und das Wasser schmeckte auch gut. Jedes der Küken trank einen Schluck. Ihr glücklicher Vater bog seinen Hals schützend über sie. Dann schwamm er langsam los, und die Küken folgten ihm in einer Reihe. Ihre Mutter bildete den Schluss.

»Was für ein Anblick!«, sagte Sam zu sich. »Was für ein phantastischer Anblick! Sieben Trompeterschwäne hintereinander, von denen fünf gerade erst ausgeschlüpft sind. Das ist mein Glückstag!« Er bemerkte kaum, wie steif seine Muskeln geworden waren, weil er schon so lange auf dem Baumstamm saß.

Wie alle stolzen Väter hatte der Schwan das Bedürfnis, jemandem seine Kinder vorzuführen. Und so geleitete er sie zu Sam. Sie gingen alle an Land und stellten sich vor den Jungen – alle bis auf die Schwanenmutter. Sie hielt sich im Hintergrund.

»Ko-hoh!«, rief der Schwan.

»Hallo!«, sagte Sam. Er hatte niemals etwas Derartiges erwartet und wagte kaum zu atmen.

Das erste Küken blickte Sam an und sagte »pieps«. Auch das zweite Küken blickte Sam an und sagte »pieps«. Das dritte Küken begrüßte Sam auf dieselbe Weise. Und so machte es auch das vierte. Doch das

fünfte Küken war anders. Es öffnete seinen Schnabel, aber es sagte nichts. Es bemühte sich zu piepsen, aber es kam kein Laut. Statt dessen reckte es seinen kleinen Hals und zog an Sams Schnürsenkel. Es zerrte so lange an der Schleife, bis sie aufging, dann ließ es los. Das war seine Begrüßung. Sam grinste.

Der Schwan wirkte nun beunruhigt. Eilig streckte er seinen langen, weißen Hals zwischen seine Küken und Sam. Dann führte er die Küken zurück zum Wasser und zu ihrer Mutter.

»Folgt mir!«, sagte der Schwan. Würdevoll ging er voraus. Er platzte beinahe vor Stolz.

Als die Schwanenmutter der Meinung war, ihre Kinder seien genug geschwommen und frören möglicherweise schon, betrat sie ein sandiges Uferstück, hockte sich hin und rief ihre Küken zu sich. Schnell folgten sie ihr an Land und vergruben sich unter ihren Federn, um sich zu wärmen.

Einen Augenblick später war schon kein Küken mehr zu sehen.

Zur Mittagszeit brach Sam auf und lief zur Hütte zurück. Die ganze Zeit über musste er daran denken, was er gerade gesehen hatte. Am nächsten Tag hörten er und sein Vater das vertraute Motorengeräusch in der Luft und sahen, wie das Flugzeug näher kam. Sie holten ihre Kleidersäcke. »Auf Wiedersehen, Hütte! Bis zum Herbst!«, sagte Mr. Beaver. Er schloss die Tür hinter sich und versetzte ihr einen leichten Klaps. Sam und er kletterten ins Flugzeug, und schon bald waren sie hoch oben in der Luft, auf dem Heimweg nach Montana. Mr. Beaver wusste nicht, dass sein Sohn Trompeterschwäne mit Küken gesehen hatte. Das behielt Sam für sich.

»Und wenn ich hundert Jahre alt werde«, dachte Sam, »nie werde ich vergessen, wie es sich anfühlt, wenn ein Schwanenküken mir den Schnürsenkel aufbindet.«

Sam und sein Vater trafen erst spät zu Hause auf der Farm ein, aber trotz vorgerückter Stunde nahm Sam noch sein Tagebuch zur Hand, bevor er zu Bett ging. Er schrieb:

> Es sind fünf Küken. Sie haben eine schmutzig-braun-graue Farbe, sind aber sehr süß. Ihre Beine sind gelb wie Senf. Der Schwan führte sie direkt zu mir. Ich war völlig überrascht, aber ich rührte mich nicht. Vier Küken piepsten. Das fünfte versuchte es, aber schaffte es nicht. Dafür nahm es meinen Schnürsenkel, als wäre er ein Wurm, und zog daran, bis er aufging. Ich frage mich, was ich einmal werden soll, wenn ich groß bin.

Sam schaltete das Licht aus und zog die Decke über seinen Kopf. Er schlief ein, noch während er darüber nachdachte, was er einmal werden sollte, wenn er groß war.

5. Kapitel

Louis

Ein paar Wochen später wandte sich die Schwanenmutter eines Abends, als die Jungschwäne schon schliefen, an ihren Mann: »Ist dir an unserem Sohn Louis nicht auch etwas Ungewöhnliches aufgefallen?«

»Etwas Ungewöhnliches?«, erwiderte der Schwan. »In welcher Weise sollte sich Louis von seinen Geschwistern unterscheiden? Er sieht ganz normal aus. Er wächst heran. Er schwimmt und taucht ausgezeichnet. Er hat einen gesunden Appetit. Und er wird schon bald seine Schwungfedern haben.«

»Oh, er *sieht* auch normal aus«, sagte die Schwanenmutter. »Und Gott weiß, dass er genug isst. Er ist gesund und aufgeweckt und ein guter Schwimmer. Aber hast du je auch nur einen Laut von ihm gehört, so wie von den anderen? Hast du ihn jemals seine Stimme gebrauchen und etwas sagen hören? Hast du jemals auch nur ein einziges Piepsen oder Gurgeln von ihm gehört?«

»Wenn ich es mir so recht überlege, nein«, entgegnete der Schwan, der allmählich etwas besorgt dreinblickte.

»Und hast du jemals gehört, wie Louis uns eine Gute Nacht gewünscht hätte, so wie die anderen es immer tun? Oder hast du ihn schon mal Guten Morgen sagen hören, auf diese entzückende Weise, wie es die anderen immer tun, gurgelnd und piepsend?«

»Nun, da du es erwähnst, nein«, sagte der Schwan. »Ach herrje! Worauf willst du bloß hinaus? Willst du mich etwa glauben lassen, dass ich einen Sohn habe, der in irgendeiner Weise *behindert* ist? Eine derartige Offenbarung würde mich sehr unglücklich machen. Ich möchte, dass in unserem Familienleben alles zum Besten verläuft, sodass ich, der ich nun in der vollen Blüte meines Lebens stehe, weiterhin anmutig und gelassen auf dem Wasser dahingleiten kann, ohne von irgendwelchen Sorgen geplagt zu werden. Vater zu sein ist ohnehin schon eine ziemliche Bürde. Da möchte ich nicht noch zusätzlich belastet werden, indem ich ein behindertes Kind habe, ein Kind, mit dem etwas nicht stimmt.«

»Nun«, sagte seine Gattin. »Ich habe Louis in der letzten Zeit genau beobachtet. Und ich bin zu der Ansicht gelangt, dass der Kleine nicht sprechen kann. Ich habe nie auch nur einen einzigen Laut von ihm gehört. Ich glaube, er kam ohne Stimme auf die Welt. Denn wenn er eine Stimme hätte, würde er sie auch gebrauchen, so wie die anderen es tun.«

»Ach je, das ist doch gar zu schrecklich!«, jammerte der Schwan. »Das schmerzt weit mehr, als Worte es je ausdrücken können. Das ist eine äußerst schlimme Angelegenheit.«

Seine Frau blickte ihn belustigt an. »Jetzt ist es noch nicht so schlimm«, sagte sie. »Aber in zwei oder drei Jahren *wird* es schlimm sein, wenn Louis sich nämlich verliebt, was mit Sicherheit irgendwann geschehen wird. Ein junger Schwan, der nicht in der Lage ist, ›Ko-hoh‹ zu sagen oder der jungen Schwanenfrau seiner Wahl die üblichen Zärtlichkeiten mitzuteilen, wird es schwer haben, eine Frau zu finden.«

»Bist du dir da sicher?«, fragte der Schwan.

»Aber gewiss bin ich mir da sicher«, erwiderte sie. »Ich erinnere mich noch sehr gut an den Frühling vor vielen Jahren, als du dich in mich verliebtest und begannst, um mich zu werben. Was für ein stattlicher Anblick du warst und was für ein Geschrei du gemacht hast! Es war in Montana, erinnerst du dich noch?«

»Natürlich erinnere ich mich«, antwortete der Schwan.

»Nun, und was mich am meisten zu dir hinzog, war deine Stimme – deine wundervolle Stimme!«

»Ja *wirklich*?«, fragte der Schwan.

»Ja. Du hattest die schönste, kräftigste und volltönendste Stimme aller jungen Schwanenmänner im Red-Rock-Lakes-Naturschutzgebiet in Montana.«

»Ja *wirklich*?«, fragte der Schwan.

»Ja. Jedes Mal, wenn ich deine tiefe Stimme hörte, wäre ich dir überallhin gefolgt.«

»Ja *wirklich*?«, fragte der Schwan. Die Komplimente seiner Frau entzückten ihn sichtlich. Sie schmeichelten seiner Eitelkeit, und er fühlte sich großartig. Er hatte seine Stimme schon immer schön gefunden, aber dass seine Frau es nun bestätigte, ließ ihn vor Glück schaudern. Und in der Freude des Augenblicks vergaß er Louis völlig. Seine Gedanken drehten sich nur noch um ihn selbst. Natürlich erinnerte er sich noch an jenen bezaubernden Frühling in Montana, als er sich verliebt hatte. Er erinnerte sich auch noch, wie hübsch die Schwanenfrau gewesen war, wie jung und unschuldig sie ausgesehen hatte, wie attraktiv und begehrenswert. Doch erst jetzt begriff er ganz, dass er ihr niemals den Hof machen und sie hätte gewinnen können, wenn er nicht im Stande gewesen wäre, etwas zu *sagen*.

»Einstweilen brauchen wir uns noch keine Sorgen zu machen«, sagte die Schwanenfrau. »Jetzt ist er ja noch sehr klein. Aber im nächsten Winter, wenn wir wieder in Montana sind, müssen wir ihn im Auge behalten. Wir müssen so lange als Familie zusammenbleiben, bis wir sehen, wie Louis zurechtkommt.«

Sie lief zu den schlafenden Jungschwänen und kauerte sich neben sie. Die Nacht war frostig. Vorsichtig hob sie einen Flügel und bedeckte ihre Kinder damit. Die jungen Schwäne regten sich im Halbschlaf und rückten dichter an sie heran.

Der Schwan stand währenddessen ganz still da. Er dachte über das nach, was seine Frau gerade zu ihm gesagt hatte. Er war ein tapferer und edler Vogel, und so arbeitete er bereits an einem Plan, wie er seinem kleinen Sohn Louis helfen könnte.

»Wenn es wirklich stimmt, dass Louis keine Stimme hat«, sagte der Schwan zu sich, »dann werde ich ihm eben etwas beschaffen, womit er Laute erzeugen kann. Es muss doch *irgendeine* Lösung für dieses Problem geben. Schließlich ist mein Sohn ein Trompeterschwan; er sollte also eine Stimme wie eine Trompete haben. Aber erst will ich ihn noch testen, damit ich sicher weiß, ob seine Mutter auch Recht hat.«

In dieser Nacht tat der Schwan kein Auge zu. Er stand reglos auf einem Bein, aber der Schlaf wollte einfach nicht kommen. Am nächsten Morgen nahm er Louis nach dem gemeinsamen Familienfrühstück beiseite.

»Louis«, sagte er, »ich würde gern allein mit dir sprechen. Lass uns auf die andere Seite des Weihers schwimmen, wo wir uns ungestört unter vier Augen unterhalten können.«

Louis war überrascht. Dennoch nickte er und schwamm seinem Vater hinterher, indem er kräftig in dessen Kielwasser paddelte. Er verstand nicht, warum sein Vater mit ihm allein sprechen wollte, ohne seine Geschwister.

»So!«, sagte der Schwan, als sie auf der anderen Seite des Weihers angelangt waren. »Da sind wir also: Etwas abseits von den anderen treiben wir würdevoll auf dem Wasser dahin, umgeben von einer zauberhaften Landschaft. Es ist ein wunderschöner Morgen, und alles ist still, nur das Lied der Rotschulterstärlinge erfüllt die Luft mit seinem süßen Klang.«

»Hoffentlich kommt er jetzt zur Sache«, dachte Louis bei sich.

»Dies ist der ideale Ort für unsere Unterredung«, fuhr der Schwan fort. »Es gibt nämlich etwas, worüber ich gern offen und ehrlich mit dir reden würde – es betrifft deine Zukunft. Wir müssen hier aber nun nicht die ganze Bandbreite des Vogellebens erörtern, sondern wir begrenzen unser Gespräch auf eine lebensnotwendige Sache, die heute bei dieser ungewöhnlichen Gelegenheit vor uns liegt.«

»Ach, wenn mein Vater doch nur endlich zur Sache kommen würde«, dachte Louis, der langsam unruhig wurde.

»Es ist mir zu Ohren gekommen, Louis«, fuhr der Schwan fort, »dass du selten etwas *sagst*. Tatsächlich kann ich mich nicht daran erinnern, jemals auch nur

einen Laut von dir gehört zu haben. Ich habe dich nie sprechen hören oder ›Ko-hoh‹ sagen oder laut aufschreien – weder vor Angst noch vor Freude. Das ist höchst ungewöhnlich für einen jungen Trompeterschwan. Es ist eine ernste Sache. Los, Louis, lass mich hören, wie du piepst. Los, pieps einmal! Sag pieps!«

Armer Louis! Unter dem forschenden Blick seines Vaters holte er tief Luft, öffnete seinen Schnabel und ließ in der Hoffnung, es würde ein Piepsen herauskommen, die Luft herausströmen. Aber es kam kein Laut.

»Versuch es noch einmal, Louis!«, sagte sein Vater. »Vielleicht hast du dich nicht genug angestrengt.«

Und Louis versuchte es noch einmal. Doch es war sinnlos. Kein Laut drang aus seiner Kehle. Traurig schüttelte er den Kopf.

»Dann schau mir zu, wie ich es mache!«, sagte der Schwan. Er reckte seinen Hals zu voller Länge und rief so laut »Ko-hoh«, dass jedes Lebewesen im Umkreis von mehreren Kilometern es hören konnte.

»Und jetzt du!«, befahl er. »Sag pieps, Louis – laut und deutlich!«

Louis versuchte es. Doch er konnte nicht piepsen.

»Dann lass mich hören, wie du gurgelst! Los, gurgel! So: wirr, wirr, wirr.«

Und Louis versuchte zu gurgeln. Doch er schaffte es nicht. Es kam kein Laut.

»Nun«, sagte der Schwan. »Ich nehme an, es hat keinen Sinn. Ich nehme an, du bist stumm. Deswegen musst du nun aber nicht traurig sein, Louis. Schwäne müssen immer heiter sein und nicht traurig; anmutig und nicht plump; tapfer und nicht feige. Denk immer daran, dass die Welt voller Jungschwäne ist, die irgendeine Art von Behinderung haben, mit der sie fertig werden müssen. *Du* bist eben offensichtlich stumm. Ich bin sicher, zu gegebener Zeit wirst du lernen, damit umzugehen. In deinem Alter mag es sogar von Vorteil sein, nicht sprechen zu können. Es zwingt dich dazu, ein guter Zuhörer zu werden. Die Welt ist voller Schwätzer, aber nur selten findet man jemanden, der zuhören kann. Und ich versichere dir, dass man mehr erfährt, wenn man zuhört, als wenn man redet.«

»Mein Vater redet selbst nicht gerade wenig«, dachte Louis bei sich.

»Viele«, fuhr der Schwan fort, »gehen schnatternd und mit einem großen Mundwerk durchs Leben; sie hören niemals wirklich *zu* – sie sind zu sehr damit beschäftigt, ihre Meinung kundzutun, die nicht selten falsch ist oder auf Unkenntnis beruht. Deshalb, mein Sohn, sei guten Mutes! Genieße das Leben und lerne fliegen! Iß viel und trinke gut! Mach Gebrauch von deinen Ohren und Augen! Und ich verspreche dir, dass ich es dir eines Tages ermöglichen werde zu reden. Es gibt mechanische Geräte, die Luft in wunderschöne Klänge verwandeln. Eines dieser Instrumente wird Trompete genannt. Auf einer meiner Reisen habe ich einmal eine Trompete gesehen. Ich denke, eine Trompete könnte dir helfen, ein normales Leben zu führen. Ich habe zwar noch nie einen Trompeterschwan kennen gelernt, der eine Trompete benötigt hätte, aber dein Fall liegt anders. Ich habe vor, dir zu beschaffen, was du so nötig brauchst. Ich weiß zwar noch nicht, wie, aber es wird sich schon zur rechten Zeit fügen. Und nun, da unsere Unterhaltung zum Ende kommt, lass uns anmutig und würdevoll wieder auf die andere Seite des Weihers schwimmen, wo deine Mutter und deine Geschwister schon auf uns warten.«

Und mit diesen Worten drehte sich der Schwan um

und schwamm los. Louis folgte ihm. Es war ein furchtbarer Vormittag für ihn gewesen. Es erschreckte ihn, dass er anders sein sollte als seine Geschwister, und es flößte ihm Angst ein. Er konnte nicht begreifen, warum er ohne Stimme auf die Welt gekommen war. Jeder andere außer ihm schien eine Stimme zu haben. Warum nicht auch er? »Das Schicksal ist grausam«, dachte er. »Das Schicksal meint es nicht gut mit mir.« Doch dann fiel ihm ein, dass sein Vater versprochen hatte, ihm zu helfen, und er fühlte sich wieder etwas besser.

Schon bald waren sie wieder bei den anderen, und sie begannen zu spielen. Louis schloss sich den anderen an. Er steckte den Kopf unter Wasser, schwamm im Kreis, tauchte und verspritzte Wasser. Louis konnte weiter spritzen als alle anderen, aber er konnte dabei nicht jauchzen. Und beim Wasserspritzen nicht jauchzen zu können ist schließlich nur das halbe Vergnügen.

6. Kapitel

Auf nach Montana

Als es auf das Ende des Sommers zuging, versammelte der Schwan seine Familie um sich und hielt eine Ansprache.

»Kinder«, begann er, »ich habe euch etwas Wichtiges mitzuteilen. Der Sommer geht zu Ende. Die Blätter färben sich bereits orange, gelb und rot. Bald werden sie fallen. Für uns ist die Zeit gekommen, den Weiher zu verlassen. Es ist Zeit, wegzuziehen.«

»Wegzuziehen?«, riefen alle jungen Schwäne außer Louis aus einem Munde.

»Gewiss«, entgegnete ihr Vater. »Ihr seid nun alt genug, um den harten Tatsachen des Lebens ins Auge zu sehen, und die wichtigste Tatsache ist zur Zeit folgende: Wir können an diesem herrlichen Ort leider nicht länger verweilen.«

»Aber warum denn nicht?«, riefen alle jungen Schwäne außer Louis.

»Weil der Sommer vorbei ist«, sagte der Schwan, »und Schwäne ihren Brutplatz am Ende des Sommers verlassen und an einen wärmeren Ort im Süden ziehen, wo es mehr Nahrung gibt. Ich weiß, dass ihr alle diesen hübschen Weiher lieb gewonnen habt, diesen wunderbaren Sumpf, diese schilfbestandenen Ufer und all die friedlichen Schlupfwinkel. Für euch war das Leben hier vergnüglich und unbeschwert. Ihr habt gelernt, zu tauchen und unter Wasser zu schwimmen. Ihr habt unseren täglichen Erholungsausflug geliebt, wenn wir uns in einer Reihe aufstellten, ich würdevoll vorneweg schwamm wie eine Lokomotive und eure reizende Mutter das Schlusslicht bildete. Ganze Tage lang habt ihr mir zugehört und gelernt. Ihr habt den abscheulichen Otter und den grausamen Kojoten gemieden. Ihr habt der kleinen Eule gelauscht, die ›schuhu-schuhu‹ sagt. Ihr habt gehört, wie das Rebhuhn ›kwit-kwit‹ macht. Nachts habt ihr euch zum Quaken der Frösche – den Stimmen der Nacht – schlafen gelegt. Aber diese Freuden und Vergnügungen, diese Abenteuer, Spiele und Späße, diese geliebten Anblicke und Klänge müssen jetzt ein Ende haben. Alles hat irgendwann einmal ein Ende. Es ist an der Zeit für uns, wegzuziehen.«

»Wohin werden wir denn ziehen?«, riefen alle jungen Schwäne außer Louis. »Wohin werden wir ziehen, ko-hoh, ko-hoh? Wohin werden wir gehen, ko-hoh, ko-hoh?«

»Wir werden gen Süden nach Montana fliegen«, antwortete der Schwan.

»Was ist Montana?«, fragten alle jungen Schwäne außer Louis. »Was ist Montana – Banana, Banana? Was ist Montana – Banana, Banana?«

»Montana«, erklärte ihr Vater, »ist ein Bundesstaat im Norden der Vereinigten Staaten von Amerika. Und dort liegen in einem lieblichen Tal, das von hohen Bergen umgeben ist, die so genannten Red Rock Lakes, zwei Seen, die die Natur besonders für Schwäne eingerichtet hat. Das Wasser ist dort immer warm, denn es entspringt verborgenen Quellen. Und auch wenn die Nächte noch so kalt werden, frieren die Seen niemals zu. Bei den Red Rock Lakes werdet ihr auch auf andere Trompeterschwäne treffen, ebenso auf kleinere Wasservögel, auf Gänse und Enten. Wir haben dort nur wenige Feinde, es gibt keine Menschen mit Gewehren, dafür aber viele Bauten von Bisamratten, Getreide im Überfluss und jeden Tag Spiele. Was kann sich ein Schwan in der langen kalten Winterszeit mehr wünschen?«

Louis lauschte der Rede mit steigender Verblüffung. Er hätte seinen Vater gerne gefragt, wie sie fliegen lernen würden und wie sie, sollten sie tatsächlich das Fliegen gelernt haben, Montana finden würden. Er machte sich Sorgen, dass sie sich verirren würden. Doch all das konnte er seinen Vater nicht fragen. Es blieb ihm nichts anders übrig, als stumm zuzuhören.

Einer seiner Brüder meldete sich zu Wort.

»Vater«, sagte er, »du hast gesagt, wir würden in den Süden *fliegen.* Aber ich weiß ja gar nicht, wie man fliegt. Ich war noch nie oben in der Luft.«

»Das ist wahr«, sagte der Schwan. »Fliegen ist aber zum größten Teil nur eine Frage der richtigen Fluglage – und natürlich von guten Schwungfedern an den Flügeln. Das Fliegen besteht aus drei Stufen. Zuerst kommt der Start, der mit viel Geschäftigkeit und Trubel, Wassertreten und raschem Flügelschlagen einhergeht. Als Zweites steigt man auf, man fliegt immer höher – das erfordert harte Arbeit und schnelles Flügelschlagen. Die dritte Stufe schließlich ist der gerade Flug auf gleich bleibender Höhe. Die Flügel werden nun langsamer, sie schlagen kraftvoll und gleichmäßig und tragen uns schnell und sicher von Ort zu Ort, während wir ›Kohoh‹ rufen und sich unter uns die Erde zu allen Seiten erstreckt.«

»Das klingt ja sehr schön«, sagte der junge Schwan, »aber ich bin mir nicht sicher, ob ich das kann. Mir könnte beim Hinunterschauen schwindelig werden.«

»Dann schau einfach nicht hinunter!«, sagte sein Vater. »Blicke immer nur geradeaus. Und verlier nie die Nerven. Außerdem wird Schwänen nicht schwindelig – sie fühlen sich wunderbar in der Luft. Sie fühlen sich erhaben.«

»Was heißt ›erhaben‹?«, fragte der junge Schwan.

»Das bedeutet, dass du dich stark fühlst, froh, sicher, stolz, erfolgreich, zufrieden, mächtig und würdevoll – als wärst du Herr über das Leben und hättest eine edle Bestimmung.«

Louis hörte mit großer Aufmerksamkeit zu. Der Gedanke zu fliegen ängstigte ihn. »Ich werde nicht ›Ko-hoh‹ sagen können«, dachte er. »Ich frage mich, ob ein Schwan wohl fliegen kann, wenn er stumm ist und nicht ›Ko-hoh‹ sagen kann.«

»Ich glaube«, sagte der Schwanenvater, »das Beste ist, wenn ich es euch einmal vorführe. Ich werde einen kurzen Schauflug machen, bei dem ihr mir zuseht. Beobachtet bitte genau, was ich mache! Achtet darauf, wie ich vor dem Start meinen Hals pumpend auf und ab bewege. Dann werde ich die Windrichtung prüfen, indem ich meinen Kopf in alle Richtungen drehe und wende. Der Start muss immer **gegen** den Wind erfolgen, so ist es viel einfacher. Dabei werde ich laut trompeten. Guckt mir zu, wie ich meine großen Schwingen hebe und heftig schlage, während ich durch das Wasser schieße und meine Füße rasend schnell bewege. Ich benötige etwa fünfzig Meter Anlauf, bis ich plötzlich abhebe. Zwar zerteilen meine Flügel noch immer die Luft mit gewaltiger Kraft, aber meine Füße berühren das Wasser nicht mehr. Und jetzt passt gut auf, was ich dann tun werde! Ich werde meinen langen, weißen, eleganten Hals gerade nach vorne ausstrecken und meine Füße nach hinten wegflattern lassen, bis sie über meinen Schwanz hinausreichen. Wenn ich die obere Luftschicht erreiche, werde ich trompeten – hört gut hin! Achtet auch darauf, wie kraftvoll und gleichmäßig sich dann meine Flügel bewegen werden. Und dann beobachtet genau, wie ich in die Schräglage gehe und umkehre. Ich werde meine Flügel ausbreiten und zum Landeanflug ansetzen. Und wenn ich wieder am Weiher angekommen bin, schaut zu, wie ich meine Füße nach vorn schleudere und auf ihnen aufsetze, als wären sie Wasserski. Nachdem ihr euch das alles angeschaut habt, könnt ihr es mir nachtun, und eure Mutter auch, und wir machen alle zusammen einen Probeflug, bis ihr den Bogen heraushabt. Das wiederholen wir dann morgen, aber statt zum Weiher zurückzukehren, werden wir weiter gen Süden fliegen, nach Montana. Seid ihr bereit für meinen Schauflug?«

»Ja, wir sind bereit!«, riefen alle jungen Schwäne außer Louis.

»Sehr gut, dann bitte alles aufgepasst!«, rief der Schwan.

Alle sahen ihm zu, wie er mit dem Wind im Rücken auf die andere Seite des Weihers schwamm. Dort drehte er, prüfte die Windrichtung, bewegte seinen Hals auf und ab wie eine Pumpe, trompetete und nahm Anlauf. Nach sechzig Metern hob er ab und begann zu steigen. Sein langer weißer Hals streckte sich vor. Seine großen schwarzen Füße legten sich nach hinten. Seine Flügel schlugen mit großer Kraft. Als er allmählich in den geraden Flug überging, verlangsamte sich sein Flügelschlag. Alle Augen waren auf ihn gerichtet. Louis war aufgeregter als jemals zuvor in seinem Leben.

»Ob ich das wohl schaffen werde?«, dachte er.

»Angenommen, ich falle hinunter. Dann fliegen die anderen weiter, und ich muss den Winter über hier bleiben, an diesem einsamen Weiher ohne Vater und Mutter, ohne meine Geschwister und ohne etwas zu essen, wenn der Weiher zufriert. Ich werde bestimmt verhungern. Ich habe solche Angst!«

Wenige Minuten später setzte der Schwan zum Landeanflug an und kam auf dem Wasser auf. Alle jubelten. »Ko-hoh, ko-hoh, pieps pieps, pieps pieps!« Alle außer Louis. Er konnte seine Begeisterung nur dadurch ausdrücken, dass er mit den Flügeln flatterte und seinem Vater Wasser ins Gesicht spritzte.

»So«, sagte der Schwan. »Jetzt habt ihr gesehen, wie es gemacht wird. Folgt mir, wir werden es gemeinsam versuchen. Streckt euch bis zum Äußersten, macht alles in der richtigen Reihenfolge, denkt immer daran, dass ihr Schwäne seid und deshalb ausgezeichnete Flieger, und ich bin sicher, alles wird gut gehen.«

Gemeinsam schwammen sie mit dem Wind im Rücken auf die andere Seite des Weihers. Dort bewegten sie ihr Hälse pumpend auf und ab. Louis bewegte seinen noch stärker als die anderen. Dann prüften sie die Windrichtung, indem sie ihre Hälse drehten und wendeten. Plötzlich gab der Schwan das Startzeichen. Ein ungeheurer Tumult entstand – Flügel schlugen, Füße strampelten, und das Wasser schäumte auf. Doch schon kurz darauf befanden sich, Wunder über Wunder, sieben Schwäne in der Luft – zwei ganz weiße und fünf schmutzig graue. Der Abflug war geschafft, und sie gewannen stetig an Höhe.

Louis hob als Erster ab – vor seinen ganzen Geschwistern. In derselben Minute, in der seine Füße das Wasser nicht mehr berührten, wusste er, dass er fliegen konnte. Gewaltige Erleichterung durchflutete ihn – und ein herrliches Gefühl.

»Junge, Junge!«, sagte er zu sich. »Ich wusste gar nicht, dass das Fliegen so einen Spaß macht! Es ist einfach großartig! Es ist herrlich! Es ist überwältigend! Ich fühle mich erhaben, und mir ist auch gar nicht schwindelig. Ich werde mit meiner Familie nach Montana fliegen können. Ich mag vielleicht eine Behinderung haben, aber fliegen kann ich zumindest.«

Die sieben großen Vögel blieben ungefähr eine halbe Stunde in der Luft, dann kehrten sie, mit dem Schwanenvater an der Spitze, an den Weiher zurück. Gemeinsam tranken sie etwas Wasser, um den erfolgreichen Flug zu feiern.

Am nächsten Tag standen sie früh auf. Es war ein wunderschöner Herbstmorgen, Nebel stieg vom Teich auf, und die Bäume schillerten in allen Farben. Am späten Nachmittag, als die Sonne bereits sank, erhoben sich die Schwäne in die Luft und machten sich auf die Reise nach Montana.

»Hier entlang!«, rief der Schwanenvater. Er machte eine Linkskurve nach Süden und ging dann in den ruhigen Flug über. Die anderen folgten ihm, sie trompeteten im Flug. Und als sie über die Hütte der Beavers hinwegflogen, hörte Sam ihre Rufe. Er rannte hinaus und schaute ihnen nach, wie sie immer kleiner und kleiner wurden und schließlich ganz verschwanden.

»Was war das?«, fragte sein Vater, als Sam ins Haus zurückkehrte.

»Schwäne«, erwiderte Sam. »Sie ziehen nach Süden.«

»Und wir tun besser dasselbe«, sagte Mr. Beaver. »Ich denke, Shorty wird uns morgen hier abholen.«

Mr. Beaver legte sich in seine Koje. »Was für Schwäne waren es denn?«, fragte er.

»Trompeterschwäne«, sagte Sam.

»Das ist ja sonderbar«, sagte Mr. Beaver. »Ich dachte, Trompeterschwäne würden nicht mehr umziehen. Ich dachte, sie verbrächten jetzt das ganze Jahr an den Red Rock Lakes, wo sie geschützt sind.«

»Die meisten tun das ja auch«, entgegnete Sam. »Aber eben nicht alle.«

Es war Schlafenszeit. Sam nahm sein Tagebuch zur Hand und schrieb:

> Heute Abend hörte ich die Schwäne über unsere Hütte vorbeiziehen. Sie fliegen nach Süden. Es muss wundervoll sein, abends zu fliegen. Ich frage mich, ob ich wohl jemals einen von ihnen wieder sehen werde. Woher weiß ein Vogel eigentlich, wie er von dem Ort, an dem er gerade ist, an den Ort gelangt, wo er hinwill?

7. Kapitel

Schulzeit

Ein paar Tage nachdem die Schwäne in ihrer Winterheimat bei den Red Rock Lakes eingetroffen waren, hatte Louis eine Idee. Er beschloss, wenn er schon nicht sprechen konnte, wenigstens lesen und schreiben zu lernen. »Wenn ich schon in einer Hinsicht behindert bin«, sagte er zu sich selbst, »sollte ich versuchen, dafür andere Fähigkeiten zu entwickeln. Ich werde lesen und schreiben lernen. Dann werde ich mir eine kleine Schiefertafel um den Hals hängen und immer ein Stück Kreide bei mir tragen. Auf diese Weise werde ich mich dann mit jedem unterhalten können, der lesen kann.«

Louis war sehr gesellig, und er hatte schon viele Freunde an den Seen gefunden. Die Red Rock Lakes waren ein Naturschutzgebiet für Wasservögel – Schwäne, Gänse, Enten und andere. Sie lebten dort, weil sie dort sicher waren und weil das Wasser selbst im kältesten Winter warm blieb. Louis wurde von allen sehr dafür bewundert, dass er so gut schwimmen konnte. Oft veranstaltete er mit den anderen jungen Schwänen Wettkämpfe, um zu sehen, wer am weitesten unter Wasser schwimmen und am längsten unten bleiben konnte.

Als Louis sich endgültig dazu entschlossen hatte, lesen und schreiben zu lernen, beschloss er, Sam Beaver aufzusuchen und ihn um Hilfe zu bitten. »Vielleicht«, dachte Louis, »nimmt mich Sam ja mit in seine Schule, und ein Lehrer bringt mir bei, wie man schreibt.« Die Idee begeisterte ihn. Er fragte sich allerdings, ob ein junger Schwan wohl in einem Klassenzimmer voller Kinder zugelassen werden würde. Und er fragte sich auch, ob es schwer war, lesen zu lernen. Am meisten fragte er sich jedoch, ob er Sam überhaupt finden würde. Montana ist ein großer Staat, und Louis war sich nicht einmal sicher, ob Sam wirklich in Montana lebte, aber er hoffte es.

Am nächsten Morgen wartete Louis ab, bis seine Eltern einmal nicht zu ihm hinsahen, dann flog er los. Er schlug die nordöstliche Richtung ein. Als er an den Yellowstone River kam, folgte er seinem Lauf bis zum Sweet Grass Country, einer Gegend im Süden Montanas. Endlich erblickte Louis unter sich eine Stadt. Er landete neben dem Schulhaus und wartete, bis die Jungen und Mädchen herauskamen. Louis musterte jeden einzelnen Jungen scharf, denn er hoffte, unter ihnen Sam zu erblicken. Doch Sam war nicht dabei.

»Falsche Schule, falsche Stadt«, dachte Louis. »Ich werde es eben woanders versuchen.« Er erhob sich von neuem in die Luft und flog in die nächste Stadt. Dort machte er wieder das Schulgebäude ausfindig, aber alle Jungen und Mädchen waren schon nach Hause gegangen.

»Ich werde mich hier trotzdem ein wenig umsehen«, dachte Louis. Er traute sich allerdings nicht, die Hauptstraße entlangzugehen, denn er hatte Angst, jemand würde vielleicht auf ihn schießen. Lieber zog er Bahnen in der Luft. Er flog jedoch so niedrig, dass er jeden Jungen, der in sein Blickfeld kam, genau mustern konnte. Nach etwa zehn Minuten erblickte er ein Farmhaus, neben dem ein Junge Holz hackte. Der Junge hatte schwarzes Haar.

»Ich habe Glück«, dachte Louis. »Es ist tatsächlich Sam.«

Als Sam den Schwan sah, legte er die Axt nieder und blieb reglos stehen. Louis lief scheu auf ihn zu, beugte sich hinunter und zog Sams Schnürsenkel auf.

»Hallo!«, sagte Sam freundlich.

Louis versuchte »Ko-hoh« zu sagen, aber es drang kein Laut aus seiner Kehle.

»Dich kenne ich doch«, sagte Sam. »Du bist der Schwan, der nie etwas sagt und mir immer den Schnürsenkel aufbindet.«

Louis nickte.

»Ich freue mich, dich zu sehen«, sagte Sam. »Was kann ich für dich tun?«

Louis starrte geradeaus.

»Hast du Hunger?«, fragte Sam.

Louis schüttelte den Kopf.

»Durst?«

Louis schüttelte wieder den Kopf.

»Möchtest du bei uns auf der Farm übernachten?«, fragte Sam.

Louis nickte und hüpfte flatternd auf und ab.

»Gut«, sagte Sam. »Wir haben genug Platz. Ich muss nur noch meinen Vater um Erlaubnis fragen.«

Sam hob seine Axt wieder auf, legte einen Holzscheit auf den Block und zerteilte den Scheit sauber in der Mitte.

Er warf Louis einen Blick zu.

»Irgendetwas ist mit deiner Stimme nicht in Ordnung, nicht wahr?«, fragte er.

Louis nickte, indem er seinen Hals heftig auf und ab bewegte. Er spürte, dass Sam sein Freund war, auch ohne zu wissen, dass Sam seiner Mutter einmal das Leben gerettet hatte.

Wenige Minuten später ritt Mr. Beaver auf einem Pony in den Hof. Er stieg ab und band das Pony am Zaun fest. »Wen hast du denn da?«, fragte er Sam.

»Es ist ein junger Trompeterschwan«, sagte Sam. »Er ist erst ein paar Monate alt. Hast du etwas dagegen, wenn ich ihn eine Weile hier behalte?«

»Hm«, sagte Mr. Beaver, »ich glaube, es verstößt gegen das Gesetz, einen dieser Wildvögel in Gefangenschaft zu halten. Aber ich werde den Wildhüter anrufen und hören, was er dazu meint. Wenn er damit einverstanden ist, darfst du den Schwan hier behalten.«

»Sag dem Wildhüter aber bitte, dass mit dem Schwan etwas nicht in Ordnung ist«, rief Sam seinem Vater nach, als der sich gerade auf den Weg ins Haus machte.

»Was ist denn mit ihm?«, fragte sein Vater.

»Er ist stumm«, antwortete Sam. »Etwas scheint mit seiner Kehle nicht zu stimmen.«

»Wovon redest du? Wer hat schon jemals von einem stummen Schwan gehört?«

»Nun«, sagte Sam, »dieser ist ein Trompeterschwan, der nicht trompeten kann. Er kann keinen einzigen Laut hervorbringen.«

Mr. Beaver blickte seinen Sohn an, als wüsste er nicht, ob er ihm glauben sollte. Doch er ging ins Haus. Kurz darauf kehrte er zurück. »Der Wildhüter sagt, du kannst den Schwan eine Zeit lang hier behalten, wenn du ihm helfen kannst. Aber früher oder später wird der Vogel zu den Red Rock Lakes zurückkehren müssen, wo er hingehört. Der Hüter sagte auch, er würde nicht *irgendjemandem* erlauben, einen jungen Schwan zu behalten, aber *dir* erlaubt er es, denn du verstündest viel von Vögeln, und er vertraut dir. Das ist ein großes Lob, mein Sohn.«

Mr. Beaver sah erfreut aus. Sam war glücklich und Louis äußerst erleichtert. Nach einer Weile gingen sie alle ins Haus, um in der Küche der Farm zu Abend zu essen. Mrs. Beaver erlaubte Louis, sich neben Sams Stuhl zu stellen. Sie gaben ihm ein wenig Hafer und Mais zu fressen, was ihm sehr gut schmeckte.

Als Sam bettfertig war, wollte er, dass Louis mit ihm in seinem Zimmer schlief, aber Mr. Beaver war dagegen. »Er wird das Zimmer in Unordnung bringen. Er ist schließlich kein kleiner Kanarienvogel – er ist riesig. Bring den Vogel lieber in den Stall hinaus. Er kann in einem der leeren Verschläge schlafen; das wird die Pferde nicht stören.«

Am nächsten Morgen nahm Sam Louis mit zur Schule. Sam ritt auf seinem Pony und Louis flog neben ihm her. Als sie zum Schulhaus kamen, staunten die anderen Kinder, einen so großen Vogel zu sehen, der einen solch langen Hals hatte, so helle Augen und so große Füße. Sam stellte Louis der Lehrerin der ersten Klasse vor, Mrs. Hammer. Sie war klein und dicklich. Sam erklärte ihr, dass Louis lesen und schreiben lernen wollte, weil er stumm war.

Mrs. Hammer starrte Louis an. Dann schüttelte sie den Kopf. »Keine Vögel!«, sagte sie. »Ich habe auch so schon genug Ärger.«

Sam war enttäuscht.

»Ach bitte, Mrs. Hammer«, sagte er. »Bitte lassen Sie

ihn in die Klasse kommen und lesen und schreiben lernen.«

»Wozu muss ein Vogel denn lesen und schreiben können?« entgegnete die Lehrerin. »Nur *Menschen* haben das Bedürfnis, sich mitzuteilen.«

»Bitte entschuldigen Sie, wenn ich Ihnen widerspreche, aber das stimmt nicht ganz, Mrs. Hammer«, sagte Sam. »Ich habe Vögel und Tiere viel beobachtet. Alle Vögel und Tiere sprechen miteinander – das müssen sie, um sich zu verständigen. Mütter reden mit ihren Jungen. Die Männchen sprechen mit den Weibchen, vor allem im Frühling, wenn sie verliebt sind.«

»*Verliebt?*«, sagte Mrs. Hammer, die bei dieser Bemerkung aufhorchte. »Was weißt *du* denn von der Liebe?«

Sam errötete.

»Was für ein Vogel ist er denn?«, fragte sie.

»Er ist ein junger Trompeterschwan«, sagte Sam. »Momentan ist er noch schmutzig grau, aber in einem Jahr wird er das Schönste sein, was Sie jemals gesehen haben – ganz weiß, mit schwarzem Schnabel und schwarzen Füßen. Er ist letztes Frühjahr in Kanada ausgeschlüpft und lebt nun bei den Red Rock Lakes, aber er kann nicht ›ko-hoh‹ sagen wie die anderen Schwäne, was ihn sehr benachteiligt.«

»Warum?«, fragte die Lehrerin.

»Na darum«, sagte Sam. »Wie wäre es denn für Sie,

wenn Sie ›ko-ho‹ sagen wollten und Sie brächten keinen einzigen Laut hervor, würde *Sie* das nicht zur Verzweiflung bringen?«

»Ich *will* aber gar nicht ›Ko-hoh‹ sagen«, erwiderte die Lehrerin. »Ich weiß ja nicht einmal, was das heißt. Und wie dem auch sei, das ist doch alles Unfug, Sam. Wieso glaubst du, dass ein Vogel lesen und schreiben lernen kann? Das ist doch unmöglich.«

»Geben Sie ihm bitte eine Chance!«, bettelte Sam. »Er ist gut erzogen, er ist klug, und er ist eben leider stumm.«

»Wie heißt er denn?«

»Das weiß ich nicht«, entgegnete Sam.

»Nun«, sagte Mrs. Hammer, »wenn er in meine Klasse will, muss er einen Namen haben. Vielleicht können wir ihn ja herausfinden.« Sie guckte den Vogel an. »Heißt du Joe?«

Louis schüttelte den Kopf.

»Jonathan?«

Louis schüttelte den Kopf.

»Donald?«

Wieder schüttelte Louis den Kopf.

»Heißt du Louis?«, fragte Mrs. Hammer.

Louis nickte heftig, sprang auf und ab und flatterte dabei mit den Flügeln.

»Beim Geiste des großen Cäsar!«, rief die Lehrerin.

»Schaut euch nur diese großen Flügel an! Nun, sein Name ist also Louis – so viel ist jedenfalls schon mal klar. Also gut, Louis, du kannst in der Klasse bleiben. Stell dich gleich hier neben die schwarze Tafel. Und richte ja keine Verwüstung an! Wenn du aus irgendeinem Grund mal hinausmusst, heb einen Flügel.«

Louis nickte. Die Erstklässler jubelten. Der neue Schüler gefiel ihnen, und sie waren begierig darauf zu erleben, was er alles konnte.

»Ruhe, Kinder!«, sagte Mrs. Hammer streng. »Wir beginnen mit dem Buchstaben *A*.«

Sie griff nach einem Stück Kreide und malte ein großes **A** an die Tafel. »Jetzt versuch *du* es, Louis!«

Louis nahm ein Stück Kreide in seinen Schnabel und zeichnete ein tadelloses **A** direkt unter jenes, das die Lehrerin gemalt hatte.

»Sehen Sie?«, sagte Sam. »Er ist ein ungewöhnlicher Vogel.«

»Na ja«, sagte Mrs. Hammer, »das **A** ist schließlich auch einfach. Ich werde ihm etwas Schwereres geben.« Sie schrieb **KATZE** an die Tafel. »Schreib *Katze*, Louis!«

Louis schrieb **KATZE**.

»Hm, *Katze* ist auch leicht«, murmelte die Lehrerin. »*Katze* ist leicht, weil es kurz ist. Fällt jemandem ein Wort ein, das länger ist als *Katze*?«

»*Katastrophe*«, sagte Charlie Nelson, der in der ersten Reihe saß.

»Gut!«, sagte Mrs. Hammer. »Das ist ein gutes, schweres Wort. Aber weiß auch jemand von euch, was es bedeutet? Was *ist* eine Katastrophe?«

»Ein Erdbeben«, sagte eines der Mädchen.

»Richtig!« entgegnete die Lehrerin. »Was noch?«

»Krieg ist eine Katastrophe«, sagte Charlie Nelson.

»Richtig!« erwiderte Mrs. Hammer. »Was noch?«

Ein sehr kleines, rothaariges Mädchen namens Jennie hob den Finger.

»Ja, Jennie? Was ist eine Katastrophe?«

Mit dünner, hoher Stimme sagte Jennie: »Wenn man mit seinen Eltern alles für ein Picknick vorbereitet, und man streicht Erdnussbutterbrote und Marmeladenbrötchen, legt sie in eine Kühlbox, packt noch Bananen und Äpfel, Rosinenkekse, Papierservietten, ein paar Flaschen Limonade und ein paar hart gekochte Eier dazu, und dann stellt man die Kühlbox ins Auto, und gerade, wenn man losfahren will, fängt es an zu *regnen*, und deine Eltern sagen, es hätte keinen Sinn, ein Picknick im Regen zu machen, dann ist das eine Katastrophe.«

»Sehr gut, Jennie«, sagte Mrs. Hammer. »Das ist zwar nicht so schlimm wie ein Erdbeben und auch nicht so schlimm wie ein Krieg. Aber wenn ein Picknick wegen Regen abgeblasen wird, ist das für ein Kind wohl tatsächlich eine Katastrophe. Jedenfalls ist *Katastrophe* ein gutes Wort. Ich wette, *das* Wort kann kein Vogel schreiben. Wenn ein Lehrer einem Vogel beibringen kann, *Katastrophe* zu schreiben, wird sich das bestimmt in Windeseile in ganz Montana herumsprechen. Mein Bild wird in allen Zeitungen und Zeitschriften erscheinen. Ich werde berühmt werden!« Noch ganz verzückt von diesem Gedanken, trat sie an die Tafel und schrieb **KATASTROPHE**.

»So, Louis, dann lass uns mal sehen, wie du *das* schreibst!«

Louis nahm wieder ein Stück Kreide. Er hatte Angst. Eine Weile lang blickte er das Wort nur an. »Ein langes Wort«, dachte er, »ist in Wirklichkeit auch nicht schwerer als ein kurzes. Ich schreibe es einfach Buchstabe für Buchstabe ab, und schon bald ist es fertig. Und außerdem ist mein Leben ja auch

eine Katastrophe. Es ist eine Katastrophe, keine Stimme zu haben.« Dann begann er zu schreiben. **KATASTROPHE** schrieb er, wobei er jeden Buchstaben einzeln säuberlich abmalte. Als er zum letzten Buchstaben kam, klatschten die Schüler, stampften mit den Füßen und trommelten auf ihre Tische. Ein Junge faltete ein Papierflugzeug und warf es hoch in die Luft. Mrs. Hammer klopfte auf ihr Pult, damit es wieder ruhig wurde.

»Sehr gut, Louis«, sagte sie. »Sam, es ist höchste Zeit, dass du in deine eigene Klasse kommst – du solltest nicht bei mir sein. Geh in die fünfte Klasse. Ich kümmere mich schon um deinen Freund hier, den Schwan.«

Sam ging in seine Klasse und setzte sich an seinen Platz. Er war sehr glücklich darüber, wie sich die Dinge entwickelt hatten. Die Fünftklässler hatten gerade Rechnen, und Miss Annie Snug, die Lehrerin, begrüßte Sam gleich mit einer Frage. Miss Snug war jung und hübsch.

»Sam, wenn jemand in einer Stunde drei Kilometer laufen kann, wie viele Kilometer schafft er dann in vier Stunden?«

»Das hängt davon ab, wie erschöpft er bereits nach der ersten Stunde ist«, antwortete Sam.

Die Schüler bogen sich vor Lachen. Miss Snug bat um Ruhe.

»Sam hat ganz Recht«, sagte sie. »Ich habe das Problem noch nie von der Seite betrachtet. Ich habe immer angenommen, dass dieser Mensch in vier Stunden zwölf Kilometer schafft, aber Sam kann Recht haben: Vielleicht ist er nach der ersten Stunde schon etwas erschöpft. Die Beine werden ihm vielleicht schon schwer. Es ist durchaus möglich, dass er langsamer wird.«

Albert Bigelow meldete sich. »Mein Vater kannte mal einen Mann, der zwölf Kilometer laufen wollte, aber unterwegs an Herzversagen gestorben ist«, sagte er.

»Gütiger Himmel!«, sagte die Lehrerin. »Ich nehme an, auch *das* kann passieren.«

»In vier Stunden kann alles Mögliche geschehen«, sagte Sam. »Er könnte eine Blase an der Ferse bekommen. Oder vielleicht wachsen Beeren entlang der Straße, und er bleibt stehen, um sich welche zu pflücken. Dadurch würde er ebenfalls länger brauchen, auch wenn er nicht müde geworden wäre und keine Blase bekommen hätte.«

»Das stimmt in der Tat«, pflichtete ihm die Lehrerin bei. »Nun, Kinder, ich denke, wir haben heute Vormittag dank Sam Beaver alle eine Menge über das Rechnen gelernt. Und nun habe ich eine Aufgabe für die Mädchen. Wenn ihr ein Baby mit der Flasche füttert, und es passen 250 Gramm Milch in eine Flasche, wie viel Milch würde das Baby dann bei *zwei* Flaschen trinken?«

Linda Staples hob die Hand.

»Ungefähr 450 Gramm«, sagte sie.

»Wie das?«, fragte Miss Snug. »Warum würde das Baby nicht 500 Gramm trinken?«

»Weil es sabbert und jedes Mal ein wenig davon ausspuckt«, sagte Linda. »Die Milch rinnt seine Mundwinkel herunter und tropft auf die Schürze seiner Mutter.«

Diesmal johlte die Klasse so laut, dass die Rechenstunde abgebrochen werden musste. Aber alle hatten gelernt, wie vorsichtig man mit Zahlen umgehen muss.

8. Kapitel

Erste Liebe

Als Louis' Eltern merkten, dass Louis verschwunden war, fühlten sie sich schrecklich. Kein anderer junger Schwan wurde vermisst, nur Louis.

»Jetzt stellt sich natürlich die Frage«, sagte der Schwan zu seiner Frau, »ob ich mich aufmachen soll, um unseren Sohn zu suchen. Ich habe eigentlich keine große Lust, diese angenehmen Seen gerade jetzt zu verlassen, wo bald der Winter über uns hereinbrechen wird. Ich habe mich schon auf diese Zeit des Friedens, der Stille und der Geselligkeit mit den anderen Wasservögeln gefreut. Mir gefällt das Leben hier.«

»Neben deiner persönlichen Bequemlichkeit gibt es aber auch noch etwas anderes zu beachten«, sagte seine Frau. »Ist dir schon einmal in den Sinn gekommen, dass wir gar nicht wissen, in welche Richtung er geflogen ist?

Du weißt nicht besser, wohin er flog, als ich. Wenn du dich also wirklich aufmachen würdest, um ihn zu suchen, wohin würdest du dann fliegen?«

»Nun«, erwiderte der Schwan, »nach gründlichem Ermessen würde ich wohl nach Süden fliegen.«

»Was meinst du damit, ›nach gründlichem Ermessen‹?«, fragte die Schwanenfrau ungeduldig. »Du hast doch gar nichts ermessen. Warum sagst du dann ›nach gründlichem Ermessen‹? Und wieso greifst du dir ausgerechnet den Süden heraus, um nach Louis zu suchen? Es gibt so viele Richtungen: den Norden und den Osten und den Westen. Außerdem gibt es den Nordosten, Südosten, Südwesten und Nordwesten.«

»Das ist wahr«, antwortete der Schwan. »Und dann gibt es auch noch die Richtungen dazwischen: Nordnordosten, Ostsüdosten, Westsüdwesten. Die Richtungen, in die ein junger Schwan fliegen kann, sind beinahe zu zahlreich, um sie zählen zu können.«

Und so beschlossen sie, nicht nach Louis zu suchen. »Wir werden einfach abwarten«, sagte der Schwan. »Ich bin sicher, Louis wird irgendwann zurückkehren.«

Die Monate vergingen. Der Winter brach über die Red Rock Lakes herein. Die Nächte wurden lang und dunkel und kalt. Die Tage waren klar, kurz und ebenfalls kalt. Manchmal wehte ein Wind. Doch die Schwäne, Gänse und Enten waren geschützt und glücklich. Die warmen Quellen, die die Seen speisten, sorgten dafür, dass sich keine durchgehende Eisschicht bildete – überall waren noch offene Wasserstellen. Es gab genug zu essen. Und gelegentlich kam ein Mensch mit einem Sack voller Getreide vorbei und warf den Vögeln die Körner hin.

Auf den Winter folgte der Frühling, und auf den Frühling folgte der Sommer. Ein ganzes Jahr verging, und wieder wurde es Frühling. Und noch immer gab es kein Lebenszeichen von Louis. Eines Morgens jedoch, als Louis' inzwischen ausgewachsene Brüder gerade Wasserball spielten, blickte einer von ihnen auf und sah einen Schwan auf sie zukommen.

»Ko-hoh!«, rief der junge Schwan und schwamm eilig zu Vater und Mutter. »Seht nur! Da! Seht!«

Alle Wasservögel auf dem See hoben ihren Kopf und blickten auf den näher kommenden Schwan. Der Schwan zog Kreise in der Luft.

»Es ist Louis!«, sagte der alte Schwan. »Aber was hat er da für einen merkwürdigen Gegenstand um seinen Hals hängen? Was ist das?«

»Warte ab, du wirst es ja gleich sehen«, sagte seine Gattin. »Vielleicht ist es ein Geschenk.«

Louis blickte im Flug nach unten und erspähte Schwäne, die wie seine Familie aussahen. Als er sicher war, dass es wirklich seine Familie war, setzte er zur Landung an und kam auf dem Wasser zum Stillstand. Seine Mutter stürzte auf ihn zu und umarmte ihn. Sein

Vater bog anmutig seinen Hals und hob grüßend seine Flügel. Alle riefen »Ko-hoh!« und »Willkommen zu Hause, Louis!« Seine Familie war überglücklich. Anderthalb Jahre war Louis fort gewesen – beinahe achtzehn Monate. Er sah älter und stattlicher aus. Sein Gefieder war jetzt ganz weiß und nicht mehr schmutzig grau. Um seinen Hals hing eine kleine Schiefertafel. Und an der Tafel baumelte an einer Schnur ein weißer Kreidegriffel.

Als die Begrüßungen vorbei waren, nahm Louis die weiße Kreide in den Schnabel und schrieb »Hallo, allerseits!« auf die Tafel. Eifrig hielt er die Tafel in die Höhe, damit alle sie sehen konnten.

Der Schwanenvater starrte auf die Tafel. Die Schwanenmutter starrte auf die Tafel. Die jungen Schwäne starrten auf die Tafel. Sie starrten und starrten und starrten. Worte auf einer Tafel bedeuteten nichts für sie. Sie konnten nicht lesen. Keiner aus der Familie hatte jemals zuvor eine Tafel gesehen, geschweige denn ein Stück Kreide. Louis' Versuch, seine Familie zu begrüßen, war fehlgeschlagen. Er hatte das Gefühl, als hätte er die letzten anderthalb Jahre, in denen er zur Schule gegangen war und schreiben gelernt hatte, sinnlos vergeudet. Er war zutiefst enttäuscht. Aber natürlich konnte er nicht sprechen. Die Worte auf der Tafel waren alles, was er zur Begrüßung von sich geben konnte.

Endlich ergriff sein Vater das Wort.

»Louis, mein Sohn«, begann er mit seiner tiefen, volltönenden Stimme, »auf diesen Tag haben wir lange gewartet – auf den Tag, an dem du zu unserem Vogelschutzgebiet bei den Red Rock Lakes zurückkehren würdest. Niemand kann ermessen, welche Freude es für uns ist, dich wieder zu sehen, der du so lange aus unserer Mitte verschwunden warst, fernab in unbekannten Gefilden und in Geschäften tätig, die wir nur schwer erahnen können. Wie schön es ist, dein Gesicht wieder zu sehen! Wir hoffen, dass du dich guter Gesundheit erfreutest, während du weg warst, fernab in unbekannten Gefilden und in Geschäften tätig, die wir nur schwer erahnen –«

»Das hast du schon mal gesagt«, unterbrach ihn seine Frau. »Du wiederholst dich. Louis ist bestimmt müde von der Reise, ganz gleich, woher er nun kommt oder was er dort gemacht hat.«

»Sehr wahr«, sagte der Schwan. »Aber ich muss meine Begrüßung noch ein wenig ausdehnen, denn ich bin neugierig, was das seltsame kleine Ding ist, das Louis da um seinen Hals trägt, und die seltsamen Zeichen, die er darauf gesetzt hat, indem er das weiße Ding herauf- und heruntergerieben hat.«

»Nun«, sagte Louis' Mutter, »das interessiert uns natürlich *alle* sehr. Aber Louis kann es uns nicht erklären, da er stumm ist und nicht sprechen kann. Also müssen wir unsere Neugier für den Moment vergessen. Am besten lassen wir Louis jetzt erst einmal baden und zu Abend essen.«

Alle waren sich einig, dass das eine gute Idee war.

Louis schwamm ans Ufer, legte seine Tafel und die Kreide unter einen Busch und nahm ein Bad. Als er damit fertig war, tauchte er eine Flügelspitze ins Wasser und wischte damit traurig die Worte »Hallo, allerseits!« auf der Tafel weg. Anschließend hängte er sich die Tafel wieder um. Es war ein schönes Gefühl, wieder bei seiner Familie zu sein. Und seine Familie war in den Monaten, die er mit Sam Beaver in die Schule gegangen war, gewachsen. Es gab sechs neue Schwanenkinder. Louis' Eltern waren für den Sommer nach Kanada gezogen und hatten dort genistet. Im Herbst hatten sie sich dann alle wieder bei den Red Rock Lakes in Montana getroffen.

Eines Tages, es war kurz nach Louis' Rückkehr, kam wieder der Getreidemann mit seinem Sack Körner vorbei. Als Louis ihn sah, schwamm er zu ihm hin. Und als der Mann die Körner für die Vögel auf den Boden streute, nahm Louis seine Tafel vom Hals und schrieb: »Vielen Dank!« Er hielt die Tafel dem Mann entgegen.

Der Mann staunte. »Ja, sag einmal!«, sagte er. »Du bist mir vielleicht ein Vogel! Wo hast *du* denn schreiben gelernt?«

Louis wischte die Tafel sauber und schrieb: »In der Schule.«

»In der Schule?«, sagte der Getreidemann. »In was für einer Schule denn?«

»In der Volksschule«, schrieb Louis. »Mrs. Hammer hat es mir beigebracht.«

»Hab noch nie von ihr gehört«, sagte der Getreidemann. »Aber sie muss eine verflixt gute Lehrerin sein.«

»Ist sie auch«, schrieb Louis. Er war überglücklich, dass er sich mit einem Fremden unterhalten konnte. Ihm wurde klar, dass ihm die Tafel zwar bei Vögeln nichts nützte, dafür aber bei Menschen, denn Menschen konnten lesen. Jetzt fühlte er sich schon viel besser. Sam Beaver hatte Louis die Tafel zum Abschied geschenkt. Er hatte Tafel und Kreide von seinem eigenen gesparten Geld gekauft. Louis beschloss, sie immer bei sich zu tragen, wohin er auch ging.

Der Getreidemann fragte sich, ob er nur geträumt hatte oder ob er tatsächlich gerade einen Schwan gesehen hatte, der etwas auf eine Tafel schrieb. Er entschied, niemandem etwas davon zu erzählen, denn er hatte Angst, die Leute würden ihn sonst vielleicht für verrückt halten.

Für Vögel ist das Frühjahr die Zeit der Liebe; dann suchen sie sich ihren Lebenspartner. Die laue, süße Frühlingsluft erweckt in den jungen Schwänen sonderbare Gefühle. Die Männchen beginnen die Weibchen näher zu beäugen. Und sie versuchen, deren Aufmerksamkeit zu erregen. Und auch die Weibchen beginnen, die Männchen zur Kenntnis zu nehmen, aber sie tun so, als würden sie sie nicht sehen. Sie benehmen sich sehr zurückhaltend und scheu.

Eines Tages war Louis so seltsam zu Mute, dass er wusste, er war verliebt. Und er wusste auch, in welchen Vogel er sich verliebt hatte. Wann immer er an ihr vorbeischwamm, konnte er spüren, wie sein Herz schneller schlug, und seine Gedanken waren von Liebe und Sehnsucht erfüllt. Sie war die schönste junge Schwanenfrau, die Louis jemals gesehen hatte. Sie war ein wenig kleiner als die anderen Schwäne, und sie hatte einen zierlicheren Hals und war attraktiver als irgendeiner seiner Freunde auf

dem See. Ihr Name war Serena. Louis wünschte sich, irgendwie ihre Aufmerksamkeit erregen zu können. Er wollte sie zur Frau nehmen, aber das konnte er ihr nicht mitteilen, weil er stumm war. Und so schwamm er statt dessen in Kreisen um sie herum, bewegte seinen Hals auf und ab, zeigte ihr seine Tauchkünste und führte ihr vor, dass er länger unter Wasser bleiben konnte als alle übrigen Vögel. Aber die kleine Schwanenfrau beachtete Louis' Possen gar nicht. Sie tat, als existiere er nicht.

Als Louis' Mutter merkte, dass Louis um eine junge Schwanenfrau warb, versteckte sie sich hinter ein paar Rohrkolben und beobachtete das Geschehen. An Louis' Verhalten merkte sie, dass er verliebt war, aber sie sah auch, dass er keinen Erfolg bei der Schwanenfrau hatte.

Einmal schwamm Louis in seiner Verzweiflung zu Serena, seiner geliebten Schwanenfrau, und verbeugte sich vor ihr. Um seinen Hals hing wie immer die Tafel. Er nahm die Kreide in den Schnabel, schrieb »Ich liebe dich« auf die Tafel und zeigte sie ihr.

Sie starrte kurz darauf, dann schwamm sie weg. Sie konnte nicht lesen, und obwohl ihr der junge Schwan, der etwas um seinen Hals trug, gefiel, konnte sie sich nicht ernsthaft für einen Vogel interessieren, der nicht in der Lage war, etwas zu *sagen*. Ein Trompeterschwan, der nicht trompeten konnte, war für sie ein Versager.

Als Louis' Mutter das sah, ging sie zu ihrem Mann. »Ich muss dir etwas erzählen«, sagte sie. »Dein Sohn Louis ist verliebt, und die Schwanenfrau seiner Wahl, die Frau, die er begehrt, schenkt ihm keinerlei Beachtung. Es ist genauso, wie ich es vorhergesagt habe: Louis findet keine Partnerin, weil er keine Stimme hat. Das Verhalten dieser abweisenden kleinen Schwanenfrau, der er nachläuft, macht mich ganz wütend. Und gleichzeitig tut mir Louis leid. Für ihn ist sie das großartigste Wesen auf dem See, und er kann nicht ›Kohhoh, ich liebe dich‹ sagen. Genau darauf wartet sie aber.«

»Oje, das sind ja schreckliche Neuigkeiten«, sagte der alte Schwan. »Neuigkeiten von großer Tragweite. Ich weiß, wie man sich fühlt, wenn man verliebt ist. Und ich erinnere mich auch noch sehr gut, wie schmerzhaft und aufregend die Liebe sein kann, und wie traurig und trübselig die Tage und Nächte sein können, wenn sie unglücklich ist. Aber ich bin Louis' Vater, und ich werde nicht untätig zusehen. Ich werde etwas unternehmen. Louis ist schließlich ein Trompeterschwan, der edelste aller Wasservögel. Er ist lebhaft, fröhlich, stark, kräftig, jugendfrisch, tüchtig, tapfer, gut aussehend, zuverlässig, vertrauenswürdig, ein großartiger Flieger, ein ausgezeichneter Schwimmer, furchtlos, geduldig, anständig, aufrichtig, ehrgeizig, strebsam –«

»Einen Moment«, sagte seine Frau. »Das musst du mir nicht alles erzählen. Der springende Punkt ist: Was wirst du tun, um Louis zu helfen, damit er eine Frau bekommt?«

»Darauf wollte ich in der mir eigenen, eleganten Art doch gerade zu sprechen kommen«, entgegnete der Schwan. »Du sagst also, diese junge Schwanenfrau will hören, dass Louis zu ihr sagt: ›Ko-hoh, ich liebe dich‹?«

»So ist es.«

»Na, dann soll sie es auch hören!«, rief der Schwan aus. »Es gibt von Menschenhand gefertigte Geräte:

Hörner, Trompeten, Musikinstrumente aller Art. Diese Geräte können Töne erzeugen, die ähnlich klingen wie unser Trompeten. Ich werde ein solches Instrument beschaffen. Und wenn ich bis ans Ende der Welt gehen muss, um eine Trompete für unseren jungen Sohn zu finden, so werde ich doch irgendwo eine auftreiben und sie zu ihm bringen.«

»Also, wenn ich da mal einen Vorschlag machen dürfte«, sagte seine Gattin, »geh lieber nicht bis ans Ende der Welt, sondern nach Billings in Montana. Das ist näher.«

»Na gut, dann werde ich es eben in Billings probieren. Ich werde versuchen, in Billings eine Trompete zu finden. Und jetzt werde ich mich unverzüglich, ohne weitere Umstände, auf den Weg machen. Wir haben schließlich keine Zeit zu verlieren. Der Frühling dauert nicht ewig, und die Liebe ist vergänglich. Jede Minute zählt. Noch in dieser Sekunde mache ich mich auf den Weg nach Billings in Montana, einer großen Stadt, die voller Leben brodelt und in der es lauter Gegenstände gibt, die von Menschenhand angefertigt wurden. Auf Wiedersehen, meine Liebe! Ich werde wiederkommen!«

»Aber womit wirst du bezahlen?«, fragte seine praktisch veranlagte Frau. »Trompeten kosten Geld.«

»Das überlass nur mir«, erwiderte der Schwan. Und mit diesen Worten erhob er sich in die Lüfte. Steil wie ein Jet stieg er auf, dann ging er in die Gerade und flog zügig in großer Höhe nach Nordosten. Seine Frau schaute ihm nach, bis er außer Sichtweite war. »Was für ein Schwan!«, murmelte sie. »Ich hoffe nur, er weiß, was er tut.«

9. Kapitel

Die Trompete

Während der Schwan auf seinen mächtigen weißen Schwingen nach Billings flog, schwirrten ihm alle möglichen unangenehmen Gedanken im Kopf herum. Der Schwan hatte noch nie versucht, eine Trompete zu besorgen. Und er hatte auch kein Geld, um die Trompete zu bezahlen. Außerdem befürchtete er, vielleicht erst nach Ladenschluss in Billings einzutreffen. Ihm wurde bewusst, dass er ohne Zweifel der einzige Trompeterschwan auf dem ganzen nordamerikanischen Kontinent war, der in eine Stadt flog, um eine Trompete aufzutreiben.

»Das ist wirklich ein merkwürdiges Abenteuer«, sagte er zu sich selbst. »Aber es dient einem edlen Zweck. Ich werde alles tun, um meinem Sohn Louis zu helfen – selbst wenn ich mich damit in Schwierigkeiten bringen sollte.«

Am späten Nachmittag erblickte der Schwan in der Ferne die Kirchen, Fabriken, Läden und Häuser von Billings. Er beschloss, rasch und kühn zu handeln. Er kreiste einmal über der Stadt, um nach einem Musikgeschäft Ausschau zu halten. Und er erspähte auch eines. Es hatte ein sehr großes und breites Schaufenster aus dickem Glas. Der Schwan flog tiefer und kreiste wieder, sodass er es besser betrachten konnte. Er schaute in das Innere des Geschäftes. Dort sah er eine golden bemalte Trommel. Er sah eine bunte Gitarre. Er sah ein kleines Klavier. Er sah Banjos, Hörner, Geigen, Mandolinen, Becken, Saxofone, Marimbafone, Celli und viele andere Instrumente. Und dann sah er, was er suchte: eine Trompete, die an einer roten Schnur hing.

»Jetzt ist es an der Zeit zu handeln!«, sagte er zu sich. »Der Augenblick ist gekommen, in dem ich in einem einzigen wagemutigen Schritt alles aufs Spiel setze, auch wenn es mein Feingefühl verletzt und gegen die Gesetze verstößt, die das Leben der Menschen regeln. Achtung, ich komme! Möge das Glück mir hold sein!«

Und mit diesen Worten setzte der alte Schwan zum Sturzflug an. Mit gestrecktem und steifem Hals steuerte er geradewegs auf das Schaufenster zu und wartete auf den Aufprall. Mit voller Geschwindigkeit krachte er in das Fenster. Das Glas zerbarst. Der Lärm war ohrenbetäubend. Der ganze Laden erzitterte. Musikinstrumente fielen zu Boden. Glassplitter flogen herum. Eine Verkäuferin wurde ohnmächtig. Der Schwan spürte einen stechenden Schmerz, als eine gezackte Glasscherbe ihm in die Schulter schnitt. Trotzdem schnappte er sich die Trompete mit dem Schnabel, machte eine scharfe Kehrtwende in der Luft, flog durch das Loch im Fenster wieder nach draußen und stieg rasch über die Dächer von Billings auf. Ein paar Tropfen Blut fielen auf den Boden unter ihm. Seine Schulter schmerzte. Doch er hatte vollbracht, weswegen er hergekommen war. In seinem Schnabel hielt er eine schöne Messingtrompete. Ihre rote Schnur baumelte herunter.

Du kannst dir sicher vorstellen, wie laut es war, als der Schwan durch die Fensterscheibe krachte. In dem Augenblick, als das Glas splitterte, zeigte ein Verkäufer gerade einem Kunden eine Basstrommel, und der Verkäufer erschrak so sehr, als er den großen weißen Vogel sah, der durch die Fensterscheibe sauste, dass er heftig auf die Trommel schlug.

»Bumm!«, machte die Trommel.

»Klirr!«, machten die umherfliegenden Glasscherben.

Als die Verkäuferin bewusstlos wurde, fiel sie auf die Tasten des Klaviers.

»Radedidelo!«, machte das Klavier.

Der Ladenbesitzer griff zu seiner Schrotflinte. Aus Versehen löste sich ein Schuss und sprengte ein Loch in die Decke. Putz rieselte herab. Alles wirbelte umher oder fiel herunter. Es gab einen Höllenlärm.

»Bumm!«, machte die Trommel.

»Plink!«, machte das Banjo.

»Radedidelo!«, machte das Klavier.

»Ump!«, machte die Bratsche.

»Hilfe!«, kreischte ein Verkäufer. »Ein Überfall!«

»Aus dem Weg!«, rief der Besitzer. Er rannte zur Tür, trat auf den Bürgersteig hinaus und feuerte –*peng*! – einen Schuss auf den davonfliegenden Vogel ab.

Sein Schuss kam jedoch zu spät. Der Schwan war bereits in sicherer Höhe, außerhalb der Reichweite des Gewehres. Er flog hoch über den Dächern und Turmspitzen von Billings, auf dem Weg nach Hause, in südwestlicher Richtung. In seinem Schnabel steckte die Trompete. In seinem Herzen steckte der Kummer, ein Verbrechen begangen zu haben.

»Ich habe ein Geschäft überfallen«, sagte er zu sich. »Ich bin ein Dieb. Was für ein bejammernswertes Schicksal für einen Vogel meines vortrefflichen Charakters und mit meinen hohen Idealen! Warum habe ich das bloß getan? Was hat mich dazu getrieben, dieses schreckliche Verbrechen zu begehen? Meine Vergangenheit war ohne Fehl und Tadel – ein Musterbeispiel an gutem Benehmen und vorschriftsmäßigem Verhalten. Ich bin von Natur aus gesetzestreu. Warum nur, ach warum nur habe ich das getan?«

Dann fiel ihm die Antwort ein, während er weiter durch den Abendhimmel flog. »Ich tat es, um meinem

Sohn zu helfen. Ich tat es aus Liebe zu meinem Sohn Louis.«

Inzwischen verbreitete sich in Billings die Neuigkeit wie ein Lauffeuer. Es war das erste Mal, dass ein Schwan in ein Musikgeschäft eingebrochen war und sich mit einer Trompete davongemacht hatte. Viele Leute weigerten sich, das zu glauben. Der Herausgeber einer Zeitung schickte einen Reporter zum Laden, der sich dort umsehen sollte. Der Reporter befragte den Ladenbesitzer und schrieb für die Zeitung einen Artikel über den Vorfall. Der Artikel trug die Überschrift:

GROSSER VOGEL BRICHT IN MUSIKGESCHÄFT EIN

Weißer Schwan demoliert Schaufenster und stiehlt wertvolle Trompete

Alle Einwohner von Billings kauften sich ein Exemplar dieser Ausgabe und lasen alles über das außergewöhnliche Ereignis. Man sprach in der ganzen Stadt darüber. Einige Leute glaubten es; andere sagten, so etwas gäbe es nicht. Sie behaupteten, der Ladenbesitzer hätte die Geschichte nur erfunden, um Reklame für seinen Laden zu machen. Doch die Verkäufer des Ladens sagten übereinstimmend aus, es sei wirklich passiert. Und dabei deuteten sie auf die Blutstropfen am Boden.

Die Polizei kam, um sich den Schaden anzusehen, der auf neunhundert Dollar geschätzt wurde. Die Polizisten versprachen, sie würden sich bemühen, den Dieb zu finden und ihn verhaften. Als sie jedoch erfuhren, dass der Räuber ein Vogel war, waren sie bekümmert. »Vögel sind ein besonderes Problem«, sagten sie. »Mit Vögeln ist es nicht so einfach.«

Währenddessen wartete Louis' Mutter bei den Red Rock Lakes besorgt auf die Rückkehr ihres Gatten. Als er schließlich im Abendhimmel auftauchte, sah sie, dass er eine Trompete bei sich hatte. Sie hing an einer Schnur um seinen Hals.

»Nun«, sagte sie, als er im Wasser landete, »wie ich sehe, hattest du Erfolg.«

»Ja, das hatte ich, meine Liebe«, sagte der Schwan. »Ich bin schnell und weit gereist, habe meine Ehre geopfert und bin sogleich zurückgekehrt. Doch wo ist Louis? Ich möchte ihm seine Trompete sofort übergeben.«

»Er sitzt da drüben auf einem Bisamrattenbau und träumt von dieser dummen, jungen Schwanenfrau, nach der er so verrückt ist.«

Der Schwan schwamm zu seinem Sohn und hielt eine Rede:

»Louis«, sagte er, »ich war bei den Menschenstätten. Ich war in einer großen Stadt, die voller Leben brodelt und in der es lauter Geschäfte gibt. Und während meines Aufenthaltes dort habe ich dir ein Geschenk besorgt, das ich dir hiermit mit meiner ganzen Liebe und meinem Segen überreichen möchte. Hier, Louis, hast du eine Trompete. Sie wird von nun an deine Stimme sein – sie wird deine Stimme ersetzen, die Gott dir nicht gab. Lerne, wie man sie bläst, Louis, und das Leben wird sich dir von einer reicheren, angenehmeren und fröhlicheren Seite zeigen. Mithilfe dieses Blasinstruments wirst du endlich ›Ko-hoh‹ sagen können, wie jeder andere Schwan auch. Musik wird unsere Ohren erfüllen. Du wirst die Aufmerksamkeit begehrenswerter junger Schwanenfrauen auf dich ziehen können. Lerne diese Trompete zu blasen, und du wirst Liebeslieder für sie spielen können, die sie mit Leidenschaft, Staunen und Sehnsucht erfüllen werden. Ich hoffe, die Trompete wird dir Glück bringen, Louis, und ein neues und besseres Leben. Ich musste für sie einige Opfer bringen, aber darauf wollen wird jetzt nicht näher eingehen. Kurz gesagt, ich hatte kein Geld; ich nahm die Trompete an mich, ohne zu bezahlen. Das ist höchst beklagenswert. Aber wichtig ist, dass du lernst, wie man das Instrument spielt.«

Mit diesen Worten nahm der Schwan die Trompete von seinem Hals und hängte sie Louis um, zu der Tafel und dem weißen Kreidegriffel.

»Trage sie in ewiger Gesundheit!«, sagte er. »Spiele sie im Glück! Erfülle die Wälder und die Berge und die Sümpfe mit dem Klang deines jugendlichen Verlangens!‹‹

Louis wollte seinem Vater danken, aber er war ja

stumm. Und er wusste, dass es sinnlos war, »Danke« auf die Tafel zu schreiben, weil sein Vater es nicht lesen könnte, da er nie zur Schule gegangen war. Deshalb bewegte Louis seinen Kopf heftig auf und ab, wackelte mit dem Schwanz und flatterte mit den Flügeln. Das zeigte dem alten Schwan, dass das Geschenk die Zustimmung seines Sohnes gefunden hatte und dieser die Trompete freudig annahm.

10. Kapitel

Louis in Geldnot

Louis war der beliebteste junge Schwan bei den Red Rock Lakes. Und er war auch der wohlhabendste. Er besaß nicht nur eine Schiefertafel und einen Kreidegriffel, die er um den Hals trug, ihm gehörte auch eine Messingtrompete mit einer roten Schnur. Die jungen Schwanenfrauen nahmen ihn jetzt zur Kenntnis, weil er so vollkommen anders aussah als alle übrigen jungen Schwäne. Er hob sich von der Menge ab. Keiner der anderen Schwäne trug etwas bei sich.

Louis freute sich über seine neue Trompete. Am ersten Tag, als er sie bekommen hatte, versuchte er die ganze Zeit, ihr einen Ton zu entlocken. Es war schon nicht einfach, die Trompete zu halten. Louis probierte mehrere Stellungen aus, bog seinen Hals und blies. Aber es kam kein Ton. Er blies immer kräftiger und kräftiger, bis sich seine Backen aufblähten und er ganz rot im Gesicht wurde.

»Das wird nicht leicht werden«, dachte er.

Doch dann fand er heraus, wie er seine Zunge halten musste, um einen leisen, keuchenden Ton zu erzeugen. Es war kein schöner Laut, aber es war zumindest ein Laut. Er klang ein wenig wie heiße Luft, die aus einem Heizkörper entweicht.

»Pawuuufff, pawuuufff«, machte die Trompete.

Louis übte unermüdlich weiter. Und endlich, am zweiten Tag seiner Anstrengungen, schaffte er einen Ton – einen klaren Ton.

»Ko!«, machte die Trompete.

Louis' Herz setzte einen Herzschlag lang aus, als er das hörte. Und eine Ente, die in seiner Nähe herumgepaddelt war, hielt inne und lauschte verdutzt.

»Ko! Ko ii uuuh!«, machte die Trompete.

»Es wird wohl noch einige Zeit dauern«, dachte Louis. »Man wird jedenfalls nicht in einem Tag Trompeter, so viel steht fest. Aber auch Rom wurde nicht an einem Tag erbaut, und ich werde schon irgendwann lernen, Trompete zu spielen, und wenn es mich den ganzen Sommer kostet.«

Louis hatte aber auch noch andere Sorgen. Zum einen war die Trompete nicht bezahlt – sie war also gestohlen, und das behagte Louis gar nicht. Und zum anderen war Serena, die Schwanenfrau, in die er verliebt war, nicht mehr da. Sie hatte die Seen zusammen mit mehreren anderen jungen Schwänen verlassen und

war nordwärts zum Snake River geflogen. Louis hatte Angst, er würde sie vielleicht nie wieder sehen. Und so hatte er nun ein gebrochenes Herz, eine gestohlene Trompete und niemanden, der ihm Unterricht im Trompeten geben konnte.

Wann immer Louis in Not war, fiel ihm Sam Beaver ein. Sam hatte ihm schon einmal geholfen; vielleicht würde er ihm auch diesmal helfen können. Zudem machte der Frühling Louis unruhig: Er hatte das Bedürfnis, die Seen zu verlassen und an einen anderen Ort zu fliegen. Und so brach er eines Morgens wirklich auf und flog auf direktem Wege zu der Farm, wo Sam lebte.

Das Fliegen war nicht mehr so leicht wie früher. Wenn du schon jemals versucht hast, mit einer Trompete um den Hals zu fliegen, dazu noch mit einer Schiefertafel, die sich im Wind bewegt, und mit einem Kreidegriffel, der an seiner Schnur auf und ab hüpft, weißt du, wie schwer das ist. Louis erkannte, dass Reisen ohne Gepäck seine Vorteile hat. Aber er war ein kräftiger Flieger, und die Tafel, die Kreide und die Trompete waren ihm wichtig.

Als er die Farm erreichte, auf der Sam lebte, kreiste er einmal über ihr, dann landete er und lief in den Stall hinein. Sam war gerade dabei, sein Pony zu bürsten.

»Na sieh mal an, wer da ist!«, rief Sam. »Mit dem ganzen Kram um deinen Hals siehst du aus wie ein Vertreter. Ich freue mich, dich zu sehen.«

Louis lehnte die Tafel an den Verschlag des Ponys. »Ich bin in großer Not«, schrieb er darauf.

»Was ist los?«, fragte Sam. »Und woher hast du überhaupt die Trompete?«

»Das ist es ja«, schrieb Louis. »Mein Vater hat sie gestohlen. Er hat sie mir geschenkt, weil ich keine Stimme habe. Aber er hat die Trompete nicht bezahlt.«

Sam pfiff durch die Zähne. Er führte das Pony in den Verschlag und band es dort fest. Dann kam er wieder hervor und setzte sich auf einen Ballen Heu. Eine Weile lang blickte er Louis nur an. Schließlich sagte er: »Du hast also Geldsorgen. Aber das ist nichts Ungewöhnliches. Fast jeder hat Geldsorgen. Was du brauchst, ist Arbeit. Dann kannst du den Lohn sparen, und wenn du genügend Geld verdient hast, kann dein Vater dem Mann, dem er die Trompete gestohlen hat, die Schulden zurückzahlen. Kannst du denn überhaupt darauf *spielen*?«

Louis nickte. Er setzte die Trompete an seinen Schnabel.

»Ko!«, machte die Trompete. Das Pony machte einen Satz.

»He!«, sagte Sam. »Das klingt ja schon ziemlich gut. Kannst du noch andere Töne?«

Louis schüttelte den Kopf.

»Ich habe eine Idee«, sagte Sam. »Ich arbeite diesen Sommer als Betreuer in einem Ferienlager für Jungen in Ontario. Das ist in Kanada. Ich wette, ich kann dir dort

Arbeit als Trompeter beschaffen, wenn du bis dahin ein paar mehr Noten kannst. Sie hätten im Lager gerne jemanden, der ein Blasinstrument spielen kann. Er soll die Jungen morgens mit einer schnellen, lauten Tonfolge wecken. Das nennt man das Signal ›Zum Wecken‹. Mittags rufst du dann mit einem anderen Signal die Jungen zum Mittagessen. Das nennt man das Signal ›Zum Essen‹. Und am Abend, wenn alle im Bett liegen, es allmählich dunkel wird, der See ruhig daliegt, die Moskitos in den Zelten rege werden und beißen und die Jungen langsam schläfrig werden, spielst du sanfte, süße und traurige Melodien. Das nennt man ›den Zapfenstreich blasen‹. Also, hast du Lust, mit mir ins Ferienlager zu fahren und es auszuprobieren?«

»Ich probiere alles«, schrieb Louis. »Ich brauche dringend Geld.«

Sam schmunzelte. »Gut«, sagte er. »Das Lager fängt in etwa drei Wochen an. Bis dahin bleibt dir noch genügend Zeit, um die Signale zu lernen. Ich werde dir ein Musikbuch kaufen, in dem drinsteht, was es für Noten sind.«

Und das tat Sam auch. Er fand ein Buch mit Trompetensignalen, wie sie beim Militär verwendet werden. Laut las er Louis die Anweisungen vor. »Stellen Sie sich gerade hin, und halten Sie die Trompete waagerecht vom Körper weg. Richten Sie sie nicht auf den Boden, da diese Position die Lungen einengt und außerdem ein erbärmliches Bild abgibt. Das Instrument sollte einmal die Woche gereinigt werden, um die Speichelreste zu entfernen.«

Jeden Nachmittag, wenn die Feriengäste von Mr. Beavers Farm einen Ausflug in die Berge machten, übte Louis die Signale. Schon bald beherrschte er das Wecksignal, das Essenssignal und die Tonfolge zum Zapfenstreich. Den Zapfenstreich mochte er besonders gern. Louis entdeckte in sich eine Liebe zur Musik, und deshalb war er eifrig bestrebt, ein guter Trompeter zu werden. »Ein Trompeterschwan«, dachte er bei sich, »sollte schließlich gut Trompete spielen können.« Ihm gefiel auch der Gedanke, arbeiten zu gehen und Geld zu verdienen. Er war genau im richtigen Alter, um zu arbeiten. Er war schon fast zwei Jahre alt.

Am Abend bevor sie ins Ferienlager fuhren, packte Sam seinen Kleidersack. Er legte seine Turnschuhe und Mokassins hinein, dazu kamen Turnhemden mit dem Aufdruck »Lager Kookooskoos«. Dann wickelte er seine Fotokamera in ein Tuch und steckte auch sie in den Sack. Des Weiteren nahm er seine Angelrute mit, eine Zahnbürste, Kamm und Haarbürste, einen Pullover, einen Regenumhang und seinen Tennisschläger. Zum Schluss packte er noch Schreibblock und Stifte dazu, Briefmarken, Verbandszeug und ein Buch, mit dem man Vögel bestimmen konnte. Bevor er zu Bett ging, öffnete er sein Tagebuch und schrieb:

Morgen ist der letzte Tag im Juni. Papa wird Louis und mich mit dem Auto ins Lager Kookooskoos fahren. Ich wette, es wird das einzige Lager der Welt sein, in dem ein Schwan die Trompete bläst. Ich arbeite gern. Ich wünschte, ich wüsste, was ich werden soll, wenn ich erwachsen bin. Warum streckt sich ein Hund beim Aufwachen immer?

Sam klappte sein Tagebuch zu, steckte es in den Kleidersack zu den übrigen Sachen, legte sich ins Bett und drehte das Licht aus. Im Dunkeln lag er da und überlegte, warum sich ein Hund beim Aufwachen stets streckt. Zwei Minuten später war er eingeschlafen. Draußen im Stall schlief Louis bereits tief und fest.

Am nächsten Morgen hängte sich Louis in aller Frühe Tafel, Kreidegriffel und Trompete um und kletterte auf den Rücksitz von Mr. Beavers Auto. Das Auto war ein Kabriolett, deshalb konnte Mr. Beaver das Verdeck öffnen. Sam setzte sich neben seinen Vater auf den Beifahrersitz. Louis stand groß und weiß und stattlich auf dem Rücksitz.

Mrs. Beaver gab Sam einen Abschiedskuss. Sie sagte ihm, er solle ein guter Junge sein, gut auf sich aufpassen, nicht im See ertrinken, sich nicht mit den anderen Jungen raufen, nicht hinaus in den Regen gehen und dann nass in der kalten Luft herumsitzen, ohne einen Pulli überzuziehen, er solle sich nicht im Wald verirren, nicht zu viel Süßes essen und nicht zu viel Limonade trinken, nicht vergessen, alle paar Tage einen Brief nach Hause zu schreiben, und nicht mit dem Kanu fahren, wenn es windig auf dem See sei.

Sam versprach es.

»Dann kann es ja losgehen!«, rief Mr. Beaver. »Auf geht's nach Ontario. Über uns ist nur der freie Himmel!« Er ließ den Motor an und hupte.

»Auf Wiedersehen, Mami!«, rief Sam.

»Auf Wiedersehen, mein Sohn!«, rief seine Mutter ihm hinterher.

Der Wagen preschte durch das Vordertor der Farm. Gerade, als der Wagen außer Sicht kam, drehte sich Louis auf dem Rücksitz noch einmal um und setzte die Trompete an den Mund.

»Ko-hoh!«, blies er. »Ko-hoh! Ko-hoh!«

Der Ton erscholl weithin, es war ein freier, klarer und erregender Ton. Alle auf der Farm hörten ihn und erschauerten bei seinem Klang. Er ließ sich mit nichts vergleichen, was sie schon gehört hatten. Er erinnerte sie an all die phantastischen und wunderbaren Dinge und Orte, die sie in ihrem Leben kennen gelernt hatten: Sonnenuntergänge und Mondaufgänge, Berggipfel und Täler, einsame Bäche und tiefe Wälder.

»Ko-hoh! Ko-hoh! Ko-hoh!«, spielte Louis.

Der Klang der Trompete erstarb. Die Leute auf der

Farm wandten sich wieder ihrem Frühstück zu. Und Louis, der auf dem Weg zu seiner ersten Arbeitsstelle war, war so aufgeregt wie an dem Tag, als er das Fliegen gelernt hatte.

11. Kapitel

Das Ferienlager Kookooskoos

Das Ferienlager Kookooskoos lag an einem kleinen See, tief verborgen in den Wäldern von Ontario. An dem See gab es weder Ferienhäuschen noch Boote mit Außenbordmotoren und auch keine Straßen, auf denen Autos entlangbrausten. Es war ein wilder See, genau das Richtige für Jungen. Mr. Beaver setzte Sam und Louis am Ende eines Feldwegs ab, und sie beendeten ihre Reise zum Lager in einem Kanu. Sam saß am Heck und paddelte, Louis stand am Bug und schaute nach vorn.

Das Lager bestand aus einem großen Blockhaus, in dem alle ihre Mahlzeiten einnahmen, sieben Zelten, in denen die Jungen und die jugendlichen Betreuer schliefen, einem Anlegesteg am Wasser und einem Klo im Wald. Alles war von Bäumen dicht umschlossen, aber es gab eine Lichtung, auf der ein Tennisplatz lag, und zahlreiche Kanus, mit denen sie Ausflüge zu umliegenden Seen unternehmen konnten. Insgesamt waren es etwa vierzig Jungen.

Als Sams Boot am flachen Ufer neben der Anlegestelle des Lagers auf Grund lief, trat Louis mit seiner Tafel, seinem Kreidegriffel und seiner Trompete an Land. Sofort stürzten ungefähr zwanzig Jungen an den Landesteg, um zu sehen, was da vor sich ging. Sie trauten ihren Augen kaum.

»He, schaut mal, was da ist!«, brüllte einer der Jungen.

»Ein Vogel!«, rief ein anderer. »Aber seht nur, wie *groß* er ist!«

Alle drängten sich um Louis herum. Alle wollten den neuen Lagerbewohner mit eigenen Augen sehen. Sam musste einige der Jungen zurückstoßen, damit Louis nicht zerdrückt wurde.

»Immer mit der Ruhe, ja?«, bat Sam.

Noch am selben Abend veranstaltete der Leiter des Lagers, Mr. Brickle, zum Abendessen ein großes Lagerfeuer vor dem Haupthaus. Die Jungen saßen um die Feuerstelle herum. Sie sangen Lieder, rösteten Brot und schlugen die Mücken tot. Manchmal konnte man den Liedtext nicht richtig verstehen, weil die Jungen mit vollem Mund sangen. Louis gesellte sich nicht zu ihnen. Er blieb etwas abseits stehen.

Nach einer Weile erhob sich Mr. Brickle und wandte sich an die Jungen und Betreuer.

»Ich bitte um eure Aufmerksamkeit«, sagte er, »für einen neuen Lagerbewohner in unserer Mitte – Louis den Schwan. Er ist ein Trompeterschwan, den es nur noch selten gibt. Wir können uns glücklich schätzen, ihn hier bei uns zu haben. Ich zahle ihm dasselbe wie den jungen Betreuern: hundert Dollar für die Saison. Louis ist wohlerzogen, und er hat eine Behinderung: Er ist stumm. Er ist zusammen mit Sam Beaver aus Montana hierher gekommen. Louis ist Musiker. Und wie die meisten Musiker braucht er dringend Geld. Er wird euch zu Tagesanbruch mit seiner Trompete wecken; er wird euch auch zu den Mahlzeiten rufen. Und abends, wenn ihr euch schlafen legt, wird er den Zapfenstreich spielen und damit den Tag beenden.

Ich bitte euch, ihn als gleichwertig zu behandeln und mit dem gebührenden Respekt – er hat eine ungeheure Kraft in seinen Flügeln. Und nun, verehrte Zuhörer, stelle ich euch Louis den Schwan vor. Louis, komm und verbeuge dich!«

Louis war verlegen, aber er kam trotzdem heran und verneigte sich. Dann hob er die Trompete und blies ein langes »Ko«. Gleich darauf hallte von der gegenüberliegenden Seite des Sees das Echo wider: »Ko-oo«.

Die Jungen klatschten. Louis machte wieder eine Verbeugung.

Sam Beaver, der unter den Jungen saß, den Mund voll Brot, freute sich, dass sein Plan gelungen war. Zum

Ende des Sommers würde Louis hundert Dollar besitzen.

Ein Junge namens Jim Appelberg erhob sich.

»Mr. Brickle«, sagte er, »was ist mit mir? Ich mag keine Vögel. Ich mochte sie noch nie.«

»Das ist völlig in Ordnung, Jim«, antwortete Mr. Brickle. »Du musst Vögel auch nicht mögen. Wenn es dir tatsächlich so geht, dann lass dich nicht darin beirren. Jeder hat das Recht darauf, bestimmte Dinge zu mögen oder nicht zu mögen und Vorurteile zu haben. Wenn ich so darüber nachdenke, mag *ich* zum Beispiel kein Pistazieneis. Ich kann nicht genau sagen, *warum*, aber ich mag es einfach nicht. Vergiss aber bitte trotzdem nicht, dass Louis zu unseren Betreuern gehört. Ob du ihn nun magst oder nicht, du musst ihn trotzdem mit der nötigen Achtung behandeln.«

Einer der neuen Jungen, die noch nie im Lager gewesen waren, stand auf.

»Mr. Brickle«, sagte er, »warum heißt das Lager eigentlich Lager Kookooskoos? Was bedeutet Kookooskoos?«

»Das ist ein indianisches Wort für den Amerikanischen Uhu«, erwiderte Mr. Brickle.

Darüber musste der Junge kurz nachdenken.

»Und warum heißt es dann nicht einfach Lager Amerikanischer Uhu statt Lager Kookooskoos?«

»Weil«, antwortete Mr. Brickle, »ein Jungenlager einen ganz besonderen Namen haben sollte; das klingt interessanter. Kookooskoos ist ein großartiger Name. Er ist zwar lang, aber es kommen nur drei Buchstaben darin vor. Er besteht aus zwei *S*, drei *K* und sechs *O*. Es gibt nicht viele Worte, die so ausgefallen sind. Und je ausgefallener der Name, desto besser das Lager. Jedenfalls: herzlich willkommen im Lager Kookooskoos.

Und jetzt ist es Zeit zum Schlafengehen. Morgen früh könnt ihr vor dem Frühstück eine Runde schwimmen. Dazu braucht ihr eure Badehose nicht. Hüpft einfach aus dem Bett, wenn ihr die Trompete hört, schlüpft aus dem Schlafanzug, lauft zum Steg und springt hinein.

Ich werde schon vor euch da sein, um vom Sprungturm meinen berühmten Salto rückwärts zu machen. Das erfrischt mich immer für den kommenden Tag. Gute Nacht, Louis! Gute Nacht, Sam! Gute Nacht, Jim! Gute Nacht allerseits!«

Das Licht verblasste allmählich. Die Jungen krochen in der Dunkelheit in ihre Zelte. Die älteren Betreuer blieben noch auf der Veranda sitzen und rauchten ein letztes Pfeifchen.

In Zelt drei kroch Sam unter seine Decke. Louis suchte sich einen hohen, flachen Stein am Ufer und wartete.

Als alle Lichter erloschen waren, wandte er sein Gesicht den Zelten zu, setzte seine Trompete an den Mund und spielte ein einfaches Abendlied.

Der letzte Ton schien noch lange über der stillen Wasseroberfläche zu schweben. Die Jungen hörten die schöne Melodie in ihren Betten. Sie waren müde, glücklich und froh – bis auf Jim Appelberg, der auch zur Schlafenszeit nichts für Vögel übrig hatte. Doch selbst Jim schlief schon bald wie alle anderen in seinem Zelt auch. Er schnarchte beim Schlafen. Leute, die keine Vögel mögen, schnarchen häufig.

Tiefe Stille senkte sich über das Lager Kookooskoos.

12. Kapitel

Rettung in letzter Minute

Louis schlief immer auf dem See. Jeden Abend, nachdem er den Zapfenstreich geblasen hatte, watschelte er zum Sandstrand neben dem Steg. Dort versteckte er seine Tafel, seinen Kreidegriffel und seine Trompete unter einem Busch und lief ins Wasser. Kaum war er im See, steckte er auch schon seinen Kopf unter einen Flügel. Eine Weile döste er nur und dachte an sein Zuhause und an seine Eltern. Dann dachte er an Serena – wie schön sie war und wie sehr er sie liebte. Und schon bald schlief er tief und fest.

Sobald es hell wurde, schwamm er ans Ufer zurück und nahm ein leichtes Frühstück aus Wasserpflanzen zu sich. Anschließend hängte er sich seinen Besitz wieder um, stieg auf den flachen Stein und blies das Wecksignal. Beim Klang der Trompete wachten die Jungen auf und rannten zum Steg, um vor dem Frühstück noch ein wenig zu schwimmen.

Nach dem Abendessen spielten die Jungen häufig Volleyball. Louis liebte dieses Spiel. Er konnte zwar nicht so schnell laufen und springen wie die Jungen, aber mit seinem langen Hals konnte er weit reichen und den Ball in die Luft und über das Netz stoßen. Es war sehr schwer, den Ball an Louis vorbeizuschlagen – er konnte beinahe jeden Ball abfangen und zurückspielen. Wenn die Jungen zu Anfang des Spiels zwei Mannschaften bildeten, war Louis immer der Erste, der in eine Mannschaft gewählt wurde.

Den Jungen gefiel das Leben im Zeltlager. Sie lernten Kanu fahren, und sie lernten schwimmen. Sam Beaver nahm sie oft auf Wanderungen in die Natur mit und brachte ihnen bei, wie man reglos auf einem Baumstamm saß und wilde Tiere und Vögel beobachtete. Er machte ihnen vor, wie man nahezu lautlos im Wald umherlaufen konnte. Er zeigte ihnen das Nest des Eisvogels, das man in einer Höhle im Ufer eines Baches findet. Er machte sie auf das Rebhuhn und seine Jungen aufmerksam. Und als einmal ein leises *Ku-ku-ku-ku* erklang, klärte Sam die Jungen auf, dass sie gerade einen Sägekauz hörten, die kleinste der Eulen, die nicht größer ist als eine Menschenhand. Manchmal wachte das ganze Lager mitten in der Nacht vom Schrei einer Wildkatze auf. Niemand sah während des ganzen Sommers eine Wildkatze, aber nachts hörte man ihren Schrei.

Eines Morgens spielte Sam gerade mit Jim Appelberg Tennis, als er plötzlich ein rasselndes Geräusch vernahm. Er blickte sich um und sah, wie ein Stinktier aus dem Wald gelaufen kam. Sein Kopf steckte in einer Blechdose fest; so konnte es nicht sehen, wohin es lief. Dauernd stieß es gegen einen Baum oder einen Stein, und die Dose schepperte.

»Das Stinktier ist in Not«, sagte Sam und legte seinen Schläger nieder. »Es war bestimmt beim Müll, um nach etwas Essbarem zu suchen. Dort hat es seinen Kopf in die leere Dose gesteckt, und jetzt bekommt es ihn nicht mehr heraus.«

Die Nachricht, dass ein Stinktier im Lager war, machte schnell die Runde. Von überallher kamen die Jungen angelaufen, um den Spaß mit anzusehen. Mr. Brickle warnte sie davor, zu nahe an das Stinktier heranzugehen – es würde sie sonst vielleicht mit seinem Duftstoff bespritzen. Deshalb tänzelten die Jungen in einigem Abstand um das Tier herum und hielten sich die Nase zu.

Die große Frage war nun, wie man das Stinktier befreite, ohne von ihm bespritzt zu werden.

»Wir müssen ihm helfen«, sagte Sam. »Das Stinktier wird verhungern, wenn wir es nicht befreien.«

Alle Jungen hatten irgendeinen Vorschlag.

Ein Junge schlug vor, sie sollten Pfeil und Bogen bauen, eine Schnur am Pfeil befestigen und ihn auf die Dose schießen. Wenn der Pfeil in der Dose stecke, sollten sie an der Schnur ziehen, und auf diese Weise würde sich die Dose vom Kopf des Stinktiers lösen. Doch der Vorschlag wurde verworfen – es war zu viel Aufwand.

Ein anderer Junge schlug vor, dass zwei Jungen auf einen Baum klettern sollten, und der eine Junge sollte sich herunterhängen lassen, während der andere ihn an den Füßen hielt. Wenn das Stinktier unter den Baum laufen würde, könnte der Junge, der kopfüber hing, nach unten greifen und die Dose packen, und wenn das Stinktier seinen Duft versprühte, würde es damit nicht den Jungen treffen, denn der baumelte ja in der Luft. Doch auch dieser Vorschlag wurde verworfen. Mr. Brickle gefiel er überhaupt nicht. Er sagte, es sei äußerst gefährlich und er würde das nicht erlauben.

Wieder ein anderer Junge schlug vor, sie sollten einen Holzklotz holen, ihn mit Klebstoff einschmieren, und wenn das Stinktier gegen den Holzklotz lief, würde die Dose am Holz kleben bleiben. Aber auch dieser Vorschlag wurde verworfen. Mr. Brickle sagte, er habe keinen Klebstoff dabei.

Während die anderen weitere Vorschläge machten, schlich sich Sam Beaver leise in sein Zelt. Ein paar Minuten später kehrte er mit einem langen Stab und einem Stück Angelschnur zurück. Das eine Ende der Schnur befestigte Sam am Stab. In das andere Ende band er eine Schlinge. Dann kletterte er auf das Dach der Veranda und bat die Jungen, dem Stinktier nicht zu nahe zu kommen.

In der ganzen Zeit irrte das Stinktier weiter herum und stieß blind gegen irgendwelche Gegenstände. Es bot einen jämmerlichen Anblick.

Mit dem Stab in der Hand wartete Sam geduldig auf dem Dach. Er sah aus wie ein Angler, der darauf wartet, dass ein Fisch anbeißt. Als das Stinktier endlich in die Nähe des Gebäudes kam, versuchte Sam, die Schlinge vor das Stinktier zu halten. Dann ließ er die Schlinge über die Dose gleiten und zog mit einem Ruck daran. Die Schlinge zog sich zusammen, und die Dose löste sich vom Kopf des Stinktiers. Im selben Moment wirbelte das Stinktier herum und versprühte seinen Duftstoff – genau auf Mr. Brickle, der einen Satz zurückmachte, stolperte und hinfiel. Alle Jungen tanzten um ihn herum und hielten sich die Nase zu. Das Stinktier rannte in den Wald zurück. Mr. Brickle stand auf und bürstete sich ab. Die Luft roch stark nach Stinktier. Mr. Brickle auch.

»Gratuliere, Sam!«, sagte Mr. Brickle. »Du hast einem wilden Tier geholfen und dabei gleichzeitig dem Lager Kookooskoos einen köstlichen Naturduft verpasst. Ich bin sicher, wir werden dieses übel riechende Ereignis noch lange in Erinnerung behalten. So etwas kann man nicht so leicht vergessen.«

»Ko-koh!«, rief Louis mit seiner Trompete. Der Laut hallte über den See. Die Luft war schwer vom Gestank des Stinktiers. Die Jungen hielten sich noch immer die Nase zu und tanzten um Mr. Brickle herum. Einige taten so, als müssten sie sich übergeben. Dann verkündete

Mr. Brickle, es sei Zeit für das morgendliche Schwimmen.

»Das wird den Gestank etwas mildern«, sagte er und lief in seine Hütte, um die Kleider zu wechseln.

Nach dem Mittagessen zogen sich die Jungen für eine kurze Mittagsruhe in ihre Zelte zurück. Einige lasen. Andere schrieben Briefe nach Hause, in denen sie ihren Eltern erzählten, wie schlecht das Essen im Lager war. Wieder andere lagen einfach nur auf ihren Feldbetten und unterhielten sich. In einer dieser Mittagspausen fingen die Jungen in Jims Zelt an, ihn mit seinem Nachnamen zu necken.

»Jim Appelberg«, sagte ein Junge. »Woher hast du bloß diesen verrückten Namen, Appelberg?«

»Meine Eltern heißen so«, antwortete Jim.

»Ich weiß, wie er wirklich heißt«, sagte ein anderer Junge. »*Saurer* Appelberg. Saurer Appelberg.« Die Jungen johlten vor Lachen und sagten im Sprechgesang auf: »Saurer Appelberg, saurer Appelberg, saurer Appelberg.«

»Ruhe!«, rief der Zeltleiter.

»Ich finde das nicht lustig«, sagte Jim.

»Nein, er heißt nicht saurer Appelberg«, flüsterte ein anderer Junge. »Er heißt *wurmstichiger* Appelberg. Wurmstichiger Appelberg.« Seine Idee wurde mit wieherndem Gelächter begrüßt.

»Ruhe!«, brüllte der Zeltleiter. »Ich möchte, dass es still ist im Zelt. Und lasst Jim gefälligst in Ruhe!«

»Ja, lasst den *verrotteten* Appelberg in Ruhe!«, wisperte ein anderer Junge. Einige Jungen steckten ihren Kopf unter ihr Kissen, damit man ihr Gekicher nicht so laut hörte.

Jim war beleidigt. Als die Ruhezeit vorüber war, ging er zum Steg. Er konnte es nicht leiden, wenn man sich über ihn lustig machte, und er wollte es den anderen heimzahlen. Ohne jemandem etwas zu sagen, ließ er ein Kanu ins Wasser gleiten und paddelte auf den See hinaus. Er steuerte auf das gegenüberliegende Ufer zu, das anderthalb Kilometer entfernt war. Niemand bemerkte ihn.

Jim hätte sich allein kein Kanu nehmen dürfen. Er hatte den Freischwimmer noch nicht. Und er hatte auch die Kanuprüfung noch nicht gemacht. Er verstieß damit gegen die Regeln des Zeltlagers. Als Jim schon etwa einen halben Kilometer vom Ufer entfernt war und mitten im tiefen Wasser, wurde der Wind stärker. Die Wellen wurden höher. Das Kanu ließ sich nur noch schwer steuern. Jim bekam es allmählich mit der Angst zu tun. Plötzlich wurde das Boot von einer Welle ergriffen und herumgewirbelt. Jim stützte sich fest auf sein Paddel, aber er rutschte ab und verlor das Gleichgewicht. Das Kanu kippte, und Jim fiel ins Wasser. Seine Kleidung sog sich voll und wurde schwer. Seine Schuhe zogen ihn in die Tiefe, und er konnte seinen Kopf kaum noch über Wasser halten. Statt sich jedoch am Kanu festzuhalten, fing er an, zum Ufer zu schwimmen – der schiere Wahnsinn! Eine Welle schlug ihm ins Gesicht, und er schluckte Wasser.

»Hilfe!« schrie er. »Helft mir doch! Ich gehe unter! Es wird ein schlechtes Licht auf das Lager werfen, wenn ich ertrinke. Hilfe! Hilfe!«

Die Betreuer sprinteten ans Ufer. Sie sprangen in die Kanus und Ruderboote und hielten auf den ertrinkenden Jungen zu. Ein Betreuer kickte seine Mokassins weg, sprang ins Wasser und schwamm auf Jim zu. Mr. Brickle stürmte an den Steg, kletterte auf den Sprungturm und leitete die Rettungsaktion, indem er Anweisungen durch ein Megafon brüllte.

»Halt dich am Kanu fest, Jim!«, schrie er. »Schwimm nicht vom Kanu weg!«

Doch Jim hatte sich bereits zu weit vom Kanu entfernt. Rund um ihn herum war nur noch Wasser. Verzweifelt schlug er mit den Armen um sich, verbrauchte dadurch aber nur seine Kraft. Er war sich sicher, dass er bald untergehen und ertrinken würde. Er fühlte sich schwach und hatte große Angst. Wasser war in seine Lungen gedrungen. Er würde es nicht mehr lange aushalten.

Im ersten Boot, das vom Steg ablegte, saß Sam Beaver. Er ruderte mit seiner ganzen Kraft. Trotzdem sah es nicht gut aus für Jim. Die Boote waren noch weit von ihm entfernt.

Als der erste Hilfeschrei zum Lager drang, bog Louis gerade um die Ecke des Haupthauses. Er sichtete Jim sofort und überlegte blitzschnell, was zu tun war.

»Zu ihm *fliegen* kann ich nicht«, dachte Louis, »da mir in der letzten Zeit wieder meine Schwungfedern ausgefallen sind. Aber ich bin bestimmt trotzdem schneller als die Boote.«

Flugs ließ er Tafel, Kreide und Trompete zu Boden fallen, lief ins Wasser und schwamm los. Er schlug dabei gleichzeitig mit den Flügeln und bewegte seine großen Füße mit den Schwimmhäuten. Selbst im Sommer, wenn ein Schwan wegen der Mauser vorübergehend flugunfähig ist, kann er mit großer Geschwindigkeit über das Wasser schießen. Louis' mächtige Schwingen verdrängten die Luft. Seine Füße traten die Wellen, als würde er auf dem Wasser laufen. Kurze Zeit später hatte er bereits alle Boote hinter sich gelassen. Als er Jim erreichte, tauchte er schnell, steckte seinen langen Hals zwischen Jims Beine und kam dann mit Jim auf dem Rücken wieder an die Oberfläche.

Jubel erhob sich unter den Menschen am Ufer und in den Booten. Jim klammerte sich an Louis' Hals. Er war im letzten Augenblick gerettet worden. Eine Minute länger, und er wäre untergegangen. Wasser hätte seine Lungen gefüllt, und er wäre tot gewesen.

»Gott sei Dank!«, rief Mr. Brickle durch das Megafon. »Gut gemacht, Louis! Das Lager Kookooskoos wird diesen Tag für immer in Erinnerung behalten! Der gute

Ruf des Ferienlagers wurde gerettet. Wir können weiterhin als sicher gelten.«

Louis achtete kaum auf die Rufe. Vorsichtig schwamm er zu dem Boot, in dem Sam saß. Sam half Jim ins Boot und führte ihn zum Heckplatz.

»Du hast ziemlich lustig ausgesehen, als du auf dem Schwan geritten bist«, sagte Sam. »Und du hast Glück, dass du noch am Leben bist. Du darfst doch nicht allein Kanu fahren!«

Doch Jim war zu verschreckt und nass, um etwas zu erwidern. Keuchend saß er da, starrte ausdruckslos geradeaus und spuckte gelegentlich Wasser.

An diesem Abend durfte Louis beim Abendessen rechts von Mr. Brickle sitzen, auf dem Ehrenplatz. Als alle gegessen hatten, erhob sich Mr. Brickle und hielt eine Ansprache.

»Wir haben alle gesehen, was heute draußen auf dem See geschah. Jim Appelberg übertrat eine Regel des Zeltlagers, nahm sich allein ein Kanu und kenterte. Er war kurz vor dem Ertrinken, als Louis der Schwan alle anderen überholte, ihn erreichte, ihn über Wasser hielt und ihm so das Leben rettete. Lasst uns aufstehen und Louis applaudieren!«

Die Jungen und Betreuer standen auf. Sie jubelten und klatschten und klopften mit ihren Löffeln auf die Blechteller. Dann setzten sie sich wieder. Louis war verlegen.

»Und nun zu dir, Jim«, sagte Mr. Brickle. »Ich hoffe, deine Rettung hat dazu geführt, dass du deine Meinung über Vögel geändert hast. Am ersten Tag hast du uns erzählt, dass du Vögel nicht magst. Wie geht es dir jetzt?«

»Mir ist übel«, antwortete Jim. »Es wird einem übel, wenn man beinahe ertrunken wäre. Mein Bauch ist noch immer voller Wasser.«

»Gut, aber was ist mit den Vögeln?«, fragte Mr. Brickle.

Darüber dachte Jim einen Augenblick angestrengt nach. »Nun«, sagte er, »ich bin Louis dankbar, dass er mir das Leben gerettet hat. Aber ich mag Vögel noch immer nicht.«

»Wirklich nicht?«, sagte Mr. Brickle. »Das ist allerdings ungewöhnlich. Obwohl dich ein Vogel vor dem Ertrinken bewahrt hat, magst du keine Vögel? Was hast du denn *gegen* Vögel?«

»Nichts«, entgegnete Jim. »Ich habe nichts gegen sie. Ich mag sie nur nicht.«

»Na schön«, sagte Mr. Brickle. »Ich denke, wir lassen es erst mal darauf beruhen. Aber das Lager ist stolz auf Louis. Er ist unser bester Betreuer – ein ausgezeichneter Trompeter, ein großartiger Vogel, ein guter Schwimmer und ein wahrer Freund. Er hat eine Medaille verdient. Um genau zu sein, habe ich vor, einen Brief zu schreiben, in dem ich ihn für die Lebensrettungsmedaille vorschlage.«

Und Mr. Brickle hielt sein Versprechen. Er schrieb den Brief. Ein paar Tage später traf ein Mann aus Washington ein und hängte Louis unter den Blicken aller die Lebensrettungsmedaille um den Hals, zu der Trompete, der Tafel und dem Kreidegriffel. Es war eine wunderschöne Medaille. In sie eingeritzt waren die Worte:

**Für Louis den Schwan,
der mit herausragender Tapferkeit
und unter Einsatz seines eigenen Lebens
Jim Appelberg das Leben rettete.**

Louis nahm seine Tafel ab und schrieb: »Danke für die Medaille. Es ist eine große Ehre für mich.«

Bei sich dachte er jedoch: »Allmählich habe ich wirklich zu viel um meinen Hals hängen. Ich habe eine Trompete, eine Tafel, einen Kreidegriffel und jetzt auch noch eine Medaille. Langsam sehe ich aus wie ein Hippie. Ich hoffe, ich kann überhaupt noch fliegen, wenn mir meine Schwungfedern wieder gewachsen sind.«

Als an jenem Abend die Dunkelheit hereinbrach, spielte Louis zum Zapfenstreich die schönsten Melodien, die er jemals gespielt hatte. Der Mann, der die Medaille gebracht hatte, glotzte und lauschte ungläubig. Er traute seinen Ohren und Augen kaum. Als er in die Stadt zurückkam, erzählte er allen Leuten, was er gesehen und gehört hatte. Louis' Ruhm wuchs. Sein Name wurde bekannt. Und überall begannen die Leute, über den Schwan zu reden, der Trompete spielen konnte.

13. Kapitel

Das Ende des Sommers

Eine Trompete hat drei Ventile. Sie sind für die Finger des Musikers bestimmt. Und so sehen sie aus:

Wenn der Spieler die Ventile in der richtigen Reihenfolge herunterdrückt, kann er mit ihnen alle Töne der Tonleiter erzeugen. Louis hatte die drei Ventile seiner Trompete häufig untersucht, aber er konnte sie nicht benutzen. Er besaß zwar an jedem Fuß drei Zehen, aber als Wasservogel hatte er Schwimmhäute. Und die Schwimmhäute hinderten ihn daran, seine drei Zehen unabhängig voneinander zu bewegen. Glücklicherweise braucht man die Ventile der Trompete nicht für Hornsignale, denn die Signale bestehen nur aus den Tönen *do, mi* und *sol,* und ein Trompeter kann *do, mi* und *sol* spielen, ohne ein Ventil herunterzudrücken.

»Wenn ich die drei Ventile doch nur mit meinen drei Zehen drücken könnte«, sagte Louis zu sich, »dann könnte ich alle Arten von Musik spielen, nicht nur Signale. Ich könnte Jazzmusik spielen. Ich könnte Country- und Westernmusik spielen. Ich könnte Rock spielen. Ich könnte die großartige Musik von Bach, Beethoven, Mozart, Sibelius, Gershwin, Brahms und allen übrigen spielen. Ich könnte ein echter Trompeter sein, nicht nur ein Hornist. Vielleicht könnte ich sogar in einem Orchester spielen.« Der Gedanke erfüllte ihn mit Ehrgeiz. Louis liebte die Musik, und außerdem musste er wieder einen Weg finden, um Geld zu verdienen, da das Ferienlager bald vorüber sein würde.

Obwohl er das Leben im Lager Kookooskoos genoss, musste Louis oft an sein Zuhause am östlichen Red Rock Lake in Montana denken. Er dachte an seine Eltern, seine Geschwister und an Serena. Er war schrecklich verliebt in Serena, und er fragte sich oft, wie es ihr wohl ging. Nachts schaute er zu den Sternen auf und dachte an sie. Und auch am späten Abend, wenn die großen Ochsenfrösche über den ruhigen See hinweg quakten, musste er an Serena denken. So manches Mal überkam ihn dann eine tiefe Traurigkeit, ein Gefühl der Einsamkeit und Sehnsucht nach zu Hause. Seine Musik tröstete ihn jedoch. Er liebte den Klang seiner Trompete.

Der Sommer verging wie im Flug. Am letzten Tag im Zeltlager rief Mr. Brickle seine Betreuer zusammen und zahlte ihnen den verabredeten Lohn. Louis erhielt einhundert Dollar – das erste Geld, das er jemals verdient hatte. Da er weder eine Brieftasche noch Kleidertaschen besaß, steckte Mr. Brickle das Geld in einen wasserfesten Beutel, der mit einer Kordel verschlossen war. Und den Geldbeutel hängte er Louis um den Hals, zu der Trompete, der Tafel, dem Kreidegriffel und der Lebensrettungsmedaille.

Louis ging ins Zelt, in dem Sam Beaver schlief. Sam war gerade dabei, seine Sachen zu packen. Louis nahm seine Tafel und die Kreide.

»Ich brauche wieder Arbeit«, schrieb er. »Wo soll ich hingehen?«

Sam setzte sich auf sein Bett und dachte eine Weile nach. Dann sagte er: »Am besten gehst du nach Boston. Vielleicht kannst du dort Arbeit beim Schwanenboot finden.«

Louis war noch nie in Boston gewesen, und er hatte auch keine Ahnung, was ein Schwanenboot war, aber er nickte. Dann schrieb er auf die Tafel: »Tust du mir einen Gefallen?«

»Klar«, sagte Sam.

»Nimm bitte eine Rasierklinge und schlitz mir damit die Schwimmhäute an meinem rechten Fuß auf, damit ich meine Zehen bewegen kann.« Er streckte seinen Fuß vor.

»Wozu möchtest du denn deine Zehen bewegen können?«, fragte Sam.

»Das wirst du schon sehen«, schrieb Louis. »Ich brauche die Zehen für meine Arbeit.«

Sam zögerte. Schließlich borgte er sich eine Rasierklinge von einem der älteren Betreuer. Er machte einen langen, sauberen Schnitt zwischen Louis' innerem und mittlerem Zeh. Anschließend durchtrennte er die Haut zwischen Louis' mittlerem und äußerem Zeh.

»Tut das weh?«

Louis schüttelte den Kopf. Er hob seine Trompete, setzte die Zehen auf die Ventile und spielte: »Do, re, mi, fa, sol, la, si, do. Do, si, la, sol, fa, mi, re, do. Kohoh!«

Sam grinste. »Also, *dich* wird das Schwanenboot bestimmt anstellen«, sagte er. »Du bist jetzt ein richtiger Trompeter. Aber mit deinen durchtrennten Schwimmhäuten wird dir das Schwimmen schwerfallen. Du wirst immer dazu neigen, im Kreis zu schwimmen, weil dein linker Fuß das Wasser besser verdrängt als dein rechter.«

»Damit komme ich schon zurecht«, schrieb Louis. »Und vielen Dank für die Operation!«

Am nächsten Tag war Abreisetag. Die Kanus waren auf Gestelle gezogen worden, die Fenster des Hauses mit Brettern vernagelt, um die Eichhörnchen und die Bären fern zu halten, und die Matratzen in Hüllen mit Reißverschluss verpackt. Alles war sicher verstaut und bereit für den langen, ruhigen Winter. Von allen Lagerbewohnern blieb einzig und allein Louis zurück. Seine Schwungfedern wuchsen zwar schnell, aber es reichte noch nicht zum Fliegen. Louis beschloss, allein im Lager zu bleiben, bis er wieder fliegen konnte, und sich dann auf direktem Weg nach Boston aufzumachen.

Am See war es einsam ohne die Jungen, aber das störte Louis nicht. Die folgenden drei Wochen führte er ein ruhiges und beschauliches Leben. Er ließ seine Schwungfedern in Ruhe wachsen, träumte Tag und

Nacht von Serena und übte Trompete. Den Sommer über hatte er viel Musik gehört – mehrere Jungen hatten Radios dabeigehabt –, und nun übte er diese Lieder auf der Trompete. Mit jedem Tag wurde er ein bisschen besser. Und an einem Tag komponierte er sogar ein Liebeslied für Serena. Den Text und die Noten schrieb er auf seine Tafel:

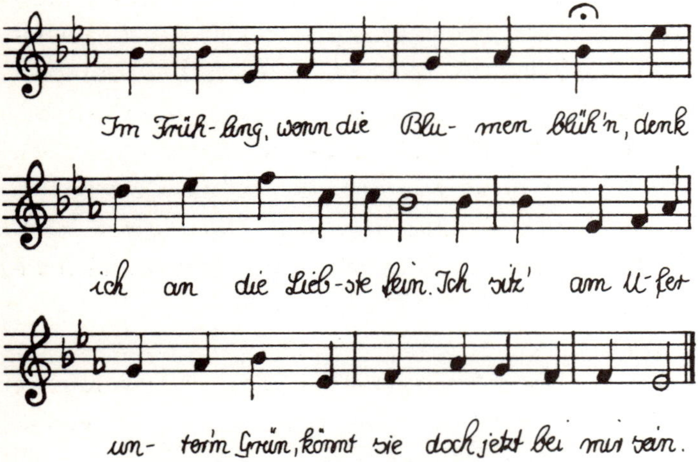

Dabei dachte er natürlich an Serena, aber er nannte sie nicht beim Namen, um den Text unpersönlich zu halten.

Sein Gefieder war jetzt wieder wunderschön, und Louis fühlte sich prächtig. Am 21. September probierte er seine Flügel aus. Zu seiner großen Erleichterung trugen sie ihn. Louis erhob sich in die Luft. Dabei stieß die Trompete gegen die Tafel, die Tafel gegen den Geldbeutel und die Lebensrettungsmedaille gegen den Kreidegriffel – aber Louis war wieder in der Luft. Er stieg immer höher und höher und nahm Kurs auf Boston. Es war wundervoll, wieder in der Luft zu sein.

»Das Fliegen ist jetzt aber viel beschwerlicher als zu der Zeit, bevor ich so viel besaß«, dachte Louis. »Die beste Art zu reisen ist wirklich die ohne Gepäck. Auf der anderen Seite brauche ich all diese Gegenstände dringend. Ich brauche die Trompete, um Serena zu gewinnen; den Geldbeutel brauche ich, um das Geld aufzubewahren, das die Schulden meines Vaters begleichen soll; die Tafel und den Kreidegriffel brauche ich, um mich mit den Menschen zu verständigen; und die Medaille sollte ich behalten, weil ich ja wirklich ein Leben gerettet habe, und wenn ich sie nicht trage, halten mich die Menschen vielleicht für undankbar.«

Er flog und flog immer weiter auf Boston zu, die Hauptstadt von Massachusetts, die berühmt ist für ihre gebackenen Bohnen, ihren Kabeljau, ihre Teegesellschaften und ihre Schwanenboote.

14. Kapitel

Boston

Louis mochte Boston von dem Moment an, als er die Stadt von der Luft aus erblickte. Weit unter ihm floss ein Fluss. Neben dem Fluss war ein Park. In dem Park war ein See. In dem See war eine Insel. Am Ufer des Sees war ein Steg. Und am Steg lag ein Boot, das die Form eines Schwans hatte. Der Ort wirkte vollkommen. Es war sogar ein vornehmes Hotel in der Nähe, das Ritz-Carlton-Hotel.

Louis kreiste zweimal in der Luft, dann glitt er herab und landete auf dem See. Mehrere Enten schwammen auf ihn zu, um ihn zu mustern. Der Park war ein großer, öffentlicher Park. Jeder in Boston kennt ihn und geht dorthin, um herumzuschlendern, auf Bänken in der Sonne zu sitzen, die Tauben und Eichhörnchen zu füttern oder mit dem Schwanenboot zu fahren. Eine Fahrt mit dem Schwanenboot über den

See kostet 25 Cents für Erwachsene und 15 Cents für Kinder.

Nachdem Louis kurz gerastet und ein wenig gegessen hatte, schwamm er zur Anlegestelle und trat an Land. Der Mann, der die Fahrkarten für das Schwanenboot verkaufte, staunte über den riesigen weißen Schwan, der so viele Gegenstände um seinen Hals trug.

»Hallo!«, sagte der Bootsmann.

Louis hob seine Trompete. »Ko-hoh!«, antwortete er.

Bei dem Klang horchten alle Vögel im Park auf. Der Bootsmann fuhr hoch. Alle Einwohner von Boston im Umkreis von einem Kilometer blickten auf und sagten: »Was ist *das*?« Niemand in Boston hatte jemals einen Trompeterschwan gehört. Der Laut machte großen Eindruck. Alle, die gerade im Ritz-Hotel ein spätes Frühstück einnahmen, schauten von ihren Tellern hoch. Kellner und Pagen sagten: »Was ist *das?*«

Doch der überraschteste Mensch von ganz Boston war wahrscheinlich der Mann, der für das Schwanenboot verantwortlich war. Er betrachtete Louis' Trompete, seinen Geldbeutel, seine Lebensrettungsmedaille, seine Tafel und seinen Kreidegriffel. Dann fragte er Louis, was er wollte. Louis schrieb auf seine Tafel: »Habe Trompete. Suche Arbeit.«

»In Ordnung«, sagte der Bootsmann. »Du hast dir eine Arbeit verdient. In fünf Minuten legt hier ein Boot zu einer Rundfahrt über den See ab. Deine Aufgabe ist es, vorneweg zu schwimmen, das Boot anzuführen und dabei Trompete zu spielen.«

»Was bekomme ich dafür?«, fragte Louis auf seiner Tafel.

»Das regeln wir später, wenn wir sehen, wie es läuft«, sagte der Bootsmann. »Es ist nur eine Probe.«

Louis nickte. Er rückte seine Habe ordentlich zurecht, lief geräuschlos ins Wasser, schwamm ein paar Meter vor das Boot und wartete. Er fragte sich, was das Boot wohl antreiben würde. Er konnte keinen Außenbordmotor sehen, und Ruder gab es auch keine. Im vorderen Teil des Bootes standen Bänke für die Fahrgäste. Am Heck befand sich ein Gebilde, das die Form eines Schwans hatte. Es war hohl. Innen war ein Sitz, der wie ein Fahrrad aussah, und zwei Pedale wie die Pedale eines Fahrrads.

Als alle Passagiere an Bord waren, erschien ein junger Mann. Er stieg auf das Bootsheck, nahm auf dem Sitz in dem hohlen, schwanenförmigen Gebilde Platz und begann, die Pedale mit seinen Füßen zu treten, als würde er Fahrrad fahren. Ein Schaufelrad drehte sich. Der Bootsmann warf die Leinen los, und das Schwanenboot bewegte sich, während der junge Mann weiter in die Pedale trat, langsam auf den See hinaus. Louis führte das Boot an. Er schwamm mit seinem linken Fuß, in der rechten hielt er die Trompete.

»Ko-hoh!«, tönte Louis' Trompete. Der Ton klang

laut und klar und ließ alle erschauern. Louis wurde sich bewusst, dass er vielleicht etwas Passendes zur Situation spielen sollte, und er stimmte ein Lied an, das die Jungen im Zeltlager manchmal gesungen hatten.

Row, row, row your boat
Gently down the stream;
Merrily, merrily, merrily, merrily,
Life is but a dream.

Die Fahrgäste des Schwanenbootes waren außer sich vor Entzücken und Aufregung. Ein echter Schwan, der Trompete spielte! Das Leben war wirklich wie ein Traum, wie es in dem Lied hieß. Was für ein Spaß! Welches Vergnügen! Was für ein Genuss!

»Das ist echt super!«, rief ein Junge von der Vorderbank. »Der Vogel ist so gut wie Louis Armstrong, der berühmte Trompetenspieler. Ich werde ihn Louis nennen.«

Als Louis das hörte, schwamm er neben das Boot, nahm seinen Kreidegriffel in den Mund und schrieb: »So heiße ich tatsächlich.«

»Nanu, was ist denn das?«, rief der Junge. »Dieser Schwan kann sogar *schreiben!* Louis kann schreiben! Hoch soll er leben!«

Die Fahrgäste jubelten laut. Louis schwamm wieder voraus und führte den Weg an. Langsam und bedächtig umkreiste das Boot die Insel, während Louis Trompete spielte. Es war ein wunderschöner Septembervormittag, dunstig und warm. Die Bäume zeigten schon ihr Herbstkleid.

Als das Schwanenboot wieder anlegte und die Passagiere ausstiegen, standen bereits viele Leute in langen Schlangen an, um für die nächste Fahrt an Bord zu kommen. Das Geschäft blühte. Ein weiteres Boot war nötig, um die Massen unterzubringen. Alle wollten mit dem Schwanenboot hinter einem echten, lebenden Schwan herfahren, der Trompete spielte. Es war seit langem das größte Ereignis in Boston. Menschen *mögen* sonderbare und ungewöhnliche Geschehnisse, und so wurde das Schwanenboot, mit Louis als Begleiter, plötzlich zur beliebtesten Attraktion in Boston.

»Du bist hiermit angestellt«, sagte der Bootsmann, als Louis ans Ufer kletterte. »Mit dir und deiner Trompete kann ich mein Geschäft verdoppeln. Ich kann es verdreifachen. Ich kann es vervierfachen. Ich kann es verfünffachen. Ich kann … ich kann … Ich kann es versechsfachen. Jedenfalls kann ich dir regelmäßige Arbeit geben.«

Louis hielt seine Tafel hoch. »Was zahlen Sie?«, stand darauf.

Der Bootsmann drehte sich zur Menschenmenge um, die darauf wartete, an Bord gehen zu dürfen, und betrachtete sie.

»Einhundert Dollar die Woche«, sagte er. »Ich zahle dir jeden Samstag einhundert Dollar, wenn du vor den

Booten herschwimmst und dabei Trompete spielst. Abgemacht?«

Louis nickte. Der Mann schien zufrieden, aber auch verwirrt. »Ich will nicht unhöflich erscheinen«, sagte der Bootsmann, »aber würdest du mir erzählen, warum du an Geld so interessiert bist?«

»Das ist doch jeder«, entgegnete Louis auf seiner Tafel.

»Ja, das weiß ich«, sagte der Bootsmann. »Jeder liebt Geld. Es ist schon eine verrückte Welt. Aber, ich meine, wozu braucht denn ein *Schwan* Geld? Dein Essen bekommst du, indem du einfach den Kopf ins Wasser steckst und köstliche Pflanzen vom Grund des Sees ausrupfst. Wozu brauchst du also Geld?«

Louis wischte die Tafel sauber. »Ich habe Schulden«, schrieb er dann. Und er musste an seinen armen Vater denken, der die Trompete gestohlen hatte, und an den armen Ladenbesitzer in Billings, den sein Vater beraubt hatte und dessen Laden dabei beschädigt worden war. Louis wusste, dass er so lange Geld verdienen musste, bis er die Schulden begleichen konnte.

»Na schön«, sagte der Bootsmann und wandte sich an die Menge, »dieser Schwan hier behauptet also, er habe Schulden. Alles an Bord für die nächste Rundfahrt!« Und er begann, die Fahrkarten zu verkaufen. Dem Bootsmann gehörten mehrere Boote, die alle wie ein Schwan aussahen. Schon bald waren die Boote voll, und das Geld floß.

Den ganzen Tag lang fuhren die Schwanenboote auf dem See herum. An Bord war stets eine Ladung glücklicher Menschen, unter ihnen viele Kinder. Und Louis spielte Trompete, wie er noch nie zuvor gespielt hatte. Die Arbeit gefiel ihm. Er liebte es, die Leute zu unterhalten. Und er liebte die Musik. Der Bootsmann war so zufrieden, wie er es nur sein konnte.

Als der Tag sich neigte und die Boote ihre letzte Runde gedreht hatten, ging der Bootsmann auf Louis zu, der am Ufer stand und seine Sachen ordnete.

»Das hast du großartig gemacht«, sagte der Bootsmann. »Du bist ein tüchtiger Schwan. Ich wünschte, ich hätte dich schon vor längerer Zeit getroffen. Aber wo wirst du denn jetzt die Nacht verbringen?«

»Hier auf dem See«, schrieb Louis.

»Hm, ich weiß nicht recht, was ich davon halten soll«, sagte der Mann besorgt. »Viele Leute sind neugierig auf dich. Sie könnten dir gefährlich werden. Irgendwelche bösen Buben könnten dich belästigen. Ich traue den Leuten nicht, die hier nachts im Park herumlungern. Du könntest entführt werden. Und ich möchte dich schließlich nicht verlieren. Ich denke, ich werde dich gegenüber zum Ritz-Carlton-Hotel bringen und dir ein Zimmer für die Nacht besorgen. Es ist sauber dort, und das Essen ist gut. Das ist sicherer. Dann weiß ich bestimmt, dass du morgen zur Arbeit erscheinen wirst.«

Louis hielt zwar nicht viel von der Idee, aber er erklärte sich damit einverstanden. Bei sich dachte er: »Ich habe schließlich noch nie in einem Hotel übernachtet – vielleicht ist es ja eine interessante Erfahrung.« Und so folgte er dem Bootsmann. Sie verließen den Park, überquerten die Straße und betraten die Vorhalle des berühmten Ritz-Hotels. Für Louis war es ein langer, anstrengender Tag gewesen, aber er war erleichtert, dass er eine gute Arbeit gefunden hatte und in Boston als Musiker Geld verdienen konnte.

15. Kapitel

Eine Nacht im Ritz

Dem Angestellten am Empfang des Hotels gefiel es überhaupt nicht, als er sah, wie ein Mann mit einem riesigen, schneeweißen Schwan die Vorhalle betrat. Der Angestellte war ein adrett gekleideter und gepflegter Mann mit ordentlich gekämmtem Haar. Der Bootsmann trat forsch an den Tresen.

»Ich hätte gern für heute Nacht ein Einzelzimmer für meinen Freund hier«, sagte der Bootsmann.

Der Angestellte schüttelte den Kopf.

»Keine Vögel«, sagte er. »Das Ritz nimmt keine Vögel.«

»Sie nehmen aber doch berühmte Persönlichkeiten?«, fragte der Bootsmann.

»Gewiss«, sagte der Angestellte.

»Sie würden also die berühmten Schauspieler Richard Burton und Elizabeth Taylor bei sich aufneh-

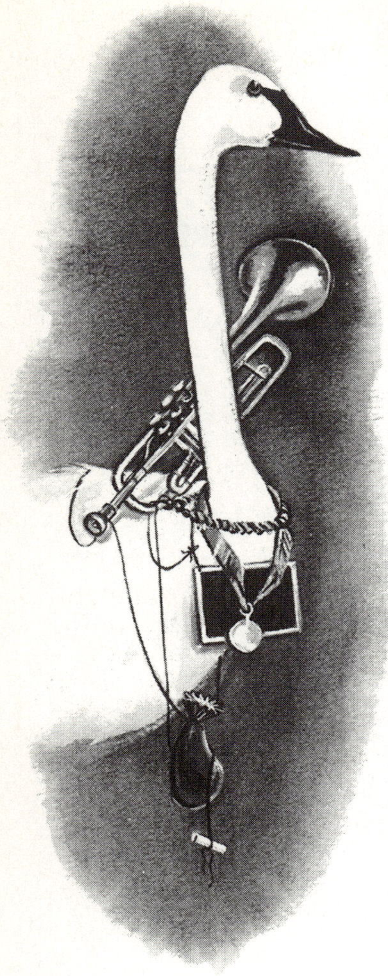

men, wenn sie bei ihnen übernachten wollten, oder?«
»Selbstverständlich«, erwiderte der Angestellte.
»Und Sie würden auch die englische Königin Elizabeth bei sich aufnehmen, oder?«
»Aber natürlich.«
»Gut«, sagte der Bootsmann. »Mein Freund hier ist eine berühmte Persönlichkeit. Er ist ein berühmter Musiker. Heute Nachmittag verursachte er im Park einen Menschenauflauf. Sie müssen den Aufruhr gehört haben. Er ist ein Trompeterschwan und spielt wie der große Jazzmusiker Louis Armstrong.«
Der Angestellte beäugte Louis misstrauisch.
»Hat er irgendwelches Gepäck?«, fragte der Angestellte.

»Gepäck?«, rief der Bootsmann. »Aber so schauen Sie ihn doch an! Sie sehen doch, was er alles bei sich trägt!«

»Na ja, ich weiß nicht so recht«, sagte der Angestellte, während er Louis' Besitztümer anstarrte – seine Trompete, seinen Geldbeutel, seine Tafel, seinen Kreidegriffel und seine Lebensrettungsmedaille. »Ein Vogel ist und bleibt schließlich ein Vogel. Woher weiß ich denn, dass er keine Läuse hat? Vögel haben oft Läuse. Das Ritz beherbergt niemanden, der Läuse hat.«

»Läuse?«, donnerte der Bootsmann. »Haben Sie in ihrem ganzen Leben jemals einen saubereren Gast gesehen? Schauen Sie ihn sich doch an! Er ist fleckenlos rein.«

Bei diesen Worten hielt Louis dem Angestellten seine Tafel entgegen. »Keine Läuse«, stand darauf.

Der Angestellte starrte verblüfft auf die Tafel. Er wurde allmählich unsicher.

»Man muss schließlich vorsichtig sein«, sagte er zum Bootsmann. »Sie behaupten also, er sei eine Berühmtheit. Aber woher soll *ich* wissen, dass er wirklich berühmt ist. Sie könnten mich ja einfach anschwindeln.«

Genau in diesem Moment betraten drei junge Mädchen die Hotelhalle. Sie kicherten und quiekten. Eine von ihnen zeigte auf Louis.

»Da ist er!«, kreischte sie. »Da ist er! Ich hole mir ein Autogramm von ihm.«

Die Mädchen stürzten auf Louis zu. Das erste Mädchen hielt ihm Block und Stift entgegen.

»Dürfte ich ein Autogramm von Ihnen haben?«, fragte sie.

Louis nahm den Stift und schrieb fein säuberlich »Louis« auf den Block.

Wieder kicherten und quiekten die Mädchen, dann eilten sie davon. Der Angestellte beobachtete den Vorfall schweigend.

»Da sehen Sie's!«, sagte der Bootsmann. »Ist er jetzt eine Berühmtheit oder nicht?«

Der Angestellte zögerte. Allmählich wurde ihm klar, dass er wohl nicht anders konnte, als Louis ein Zimmer zu geben.

Jetzt hatte Louis eine Idee. Er setzte seine Trompete an den Mund und spielte ein altes Lied, das den Titel »There's a Small Hotel« trug. Es handelte von einem kleinen, gemütlichen Hotel.

Es klang wunderschön. Die Gäste, die gerade durch die Vorhalle gingen, blieben stehen und lauschten. Der Angestellte stützte seine Ellbogen auf den Tresen und lauschte ebenfalls andächtig. Der Mann hinter dem Zeitungsstand blickte auf und lauschte. Die

Leute, die im oberen Stockwerk in der Halle saßen, stellten ihre Getränke ab und lauschten. Die Pagen blickten Louis an und lauschten. Für einige Minuten erstarrten alle in der Halle, während Louis spielte. Er schlug jeden in Bann, der Ohren hatte und hören konnte. Die Zimmermädchen in den Zimmern hielten in ihrer Arbeit inne und lauschten dem Klang der Trompete. Es war ein magischer Augenblick. Als das Lied zu seinem Ende kam, sangen die Leute, die den Text kannten, leise mit.

When the steeple bell
Says »Good night, sleep well«,
We'll thank the small hotel, together.

»Na, und wie finden Sie das?«, fragte der Bootsmann und grinste den Angestellten an. »Ist dieser Schwan nun ein Musiker oder nicht?«

»Er spielt sehr schön«, sagte der Angestellte. »Aber da gäbe es noch eine weitere Frage, die ich nur sehr ungern anbringe. Wie steht es mit seinen persönlichen Angewohnheiten? Wird er das Zimmer nicht verdrecken? Schauspieler sind schon schlimm genug, aber Musiker sind noch schlimmer, da habe ich genügend Erfahrung. Ich kann es nicht gestatten, dass ein großer Vogel eines unserer Betten benutzt – das könnte unserem Ruf schaden. Die anderen Hotelgäste könnten sich beschweren.«

»Ich schlafe in der Badewanne«, schrieb Louis auf

seine Tafel. »Werde das Bett nicht in Unordnung bringen.«

Der Angestellte trat unruhig von einem Fuß auf den anderen. »Aber wer wird die Rechnung bezahlen?«, fragte er.

»Ich«, antwortete der Bootsmann. »Ich werde morgen früh herkommen, wenn Louis das Hotel verlässt.«

Jetzt fielen dem Angestellten wirklich keine weiteren Gründe mehr ein, dem Schwan kein Zimmer zu geben.

»Na schön«, sagte er. »Dann unterschreiben Sie bitte das Formular!« Er reichte Louis einen Füller und eine Karte.

Louis schrieb:

Louis der Schwan
Östlicher Red Rock Lake
Montana

Der Angestellte betrachtete die Karte lange und eingehend. Endlich schien er zufrieden. Er ließ einen Pagen kommen und gab ihm einen Schlüssel. »Bring diesen Herrn auf sein Zimmer!«, wies er ihn an.

Louis nahm seine Medaille, seine Trompete, seine Tafel, seinen Kreidegriffel und seinen Geldbeutel und reichte sie dem Hotelpagen. Zusammen gingen sie zu den Aufzügen. Der Bootsmann verabschiedete sich.

»Schlaf gut, Louis!«, rief der Bootsmann. »Und vergiss nicht, morgen früh pünktlich zur Arbeit zu kommen!«

Louis nickte. Die Tür des Aufzugs öffnete sich. »Hier hinein, bitte, Sir!«, sagte der Page. Sie betraten den Aufzug und warteten, dass die Tür sich wieder schloss. Ein üppiger Parfumduft erfüllte die Luft. Louis stand reglos da. Auf einmal spürte er, wie er sich aufwärts bewegte.

Der Aufzug hielt im siebten Stock an, und der Hoteljunge führte Louis zu einem Zimmer, schloss die Tür auf und geleitete ihn hinein.

»Das ist Ihr Zimmer, Sir!«, sagte er. »Wünschen Sie, dass ich ein Fenster öffne?«

Der Page legte Louis' Gepäck ab, knipste ein paar Lampen an, öffnete ein Fenster und legte den Zimmerschlüssel auf die Kommode. Dann wartete er.

»Vermutlich will er ein Trinkgeld«, dachte Louis. Er ging zu seinem Geldbeutel, lockerte die Kordel und nahm einen Dollar heraus.

»Vielen Dank, Sir«, sagte der Page und nahm den Dollar entgegen. Dann ging er hinaus und schloss leise die Tür hinter sich. Endlich war Louis allein – allein in einem Zimmer im Ritz.

Louis hatte noch nie eine Nacht allein in einem Hotel verbracht. Als Erstes lief er im Zimmer herum, schaltete die Lampen ein und wieder aus und untersuchte alles. Im Schreibtisch fand er ein paar Blätter Briefpapier, auf denen stand:

Ritz Carlton
Boston

Louis fühlte sich schmutzig und dreckig, darum ging er ins Badezimmer, stieg in die Badewanne, zog den Duschvorhang vor und duschte. Das Duschen fühlte sich gut an. Es erinnerte ihn an die Wasserkämpfe, die er mit seinen Geschwistern immer veranstaltet hatte. Er achtete darauf, kein Wasser zu verschütten. Als er mit dem Duschen fertig war, stand er noch eine Weile da, bewunderte die Badematte und glättete sein Gefieder. Dann verspürte er Hunger.

An der Wand des Schlafzimmers entdeckte er einen Knopf, auf dem KELLNER stand. Mit seinem Schnabel drückte Louis fest auf diesen Knopf. Wenige Minuten später klopfte es an der Tür, und ein Kellner trat ins Zimmer. Er war geschmackvoll gekleidet und versuchte, seine Überraschung zu verbergen, dass er einen Schwan im Zimmer vorfand.

»Wünschen Sie etwas?«, fragte er.

Louis nahm seine Kreide. »Zwölf Brunnenkressebrote, bitte«, schrieb er auf die Tafel.

Der Kellner dachte kurz nach. »Erwarten Sie Gäste?«, fragte er.

Louis schüttelte den Kopf.

»Und Sie möchten wirklich *zwölf* Brunnenkressebrote?«

Louis nickte.

»Sehr wohl, Sir«, sagte der Kellner. »Wünschen Sie sie mit Majonäse?«

Louis wusste nicht, wie Majonäse schmeckte, aber er überlegte blitzschnell. Er säuberte seine Tafel und schrieb: »Eins mit. Elf ohne.«

Der Kellner verneigte sich und verließ das Zimmer. Eine halbe Stunde später kam er zurück. Er rollte einen Tisch ins Zimmer, darauf standen eine große Platte mit Kressebroten, ein Teller, ein Messer, eine Gabel, ein Löffel, Salz und Pfeffer, ein Glas Wasser und eine hübsch gefaltete Stoffserviette. Dazu kam noch eine Butterschale, in der mehrere, mit zerstoßenem Eis bedeckte Butterstücke lagen. Der Kellner richtete alles ordentlich, dann reichte er Louis eine Rechnung zur Unterschrift. Auf der Rechnung stand:

12 B.-K.-Brote: 18,00 Dollar

»Ach du liebe Güte!«, dachte Louis. »Das ist ja ein teurer Ort hier! Ich hoffe, der Bootsmann wird nicht wütend sein, wenn er morgen früh den Preis für das Abendbrot auf der Rechnung sieht.«

Er lieh sich vom Kellner einen Stift und setzte seine Unterschrift auf die Rechnung: »Louis der Schwan«.

Der Kellner nahm die Rechnung entgegen, dann stand er wartend da.

»Ich nehme an, er will ein Trinkgeld«, dachte Louis. Wieder öffnete er seinen Geldbeutel, zog zwei Dollar

heraus und reichte sie dem Kellner. Der bedankte sich bei ihm, machte erneut einen Diener und ging aus dem Zimmer.

Der Tisch hatte genau die richtige Höhe für Louis mit seinem langen Hals. Er brauchte keinen Stuhl; er verzehrte sein Abendessen im Stehen. Zuerst probierte er das belegte Brot mit Majonäse und entschied, dass er keine Majonäse mochte. Dann klappte er vorsichtig alle belegten Brote auf. Er wollte nur die Brunnenkresse. Er legte die Brotscheiben auf zwei ordentliche Stapel, häufte die Kresse auf seinen Teller und genoss ein gutes Abendessen. Die Butter rührte er nicht an. Als er durstig war, trank er nicht aus dem Wasserglas, sondern ging ins Badezimmer, ließ das Waschbecken mit kaltem Wasser voll laufen und trank daraus. Dann nahm er seine Serviette, wischte sich den Schnabel ab und schob den Tisch zur Seite. Jetzt ging es ihm schon viel besser.

Wenn man allein in einem Hotelzimmer ist, fühlt man sich heimelig und geborgen, und man hat das Gefühl, irgendwie bedeutend zu sein. Louis fühlte sich großartig. Doch schon bald überkam ihn auch ein Gefühl der Einsamkeit. Er dachte an Sam Beaver. Er dachte an das Ferienlager Kookooskoos. Er dachte an seinen Vater, seine Mutter und seine Geschwister, die weit weg waren, in seiner Heimat in Montana. Und er dachte an Serena, die Schwanenfrau, die er liebte. Er fragte sich, wo sie wohl gerade war.

Der Text des Liedes, das er in der Hotelhalle gespielt hatte, fiel ihm wieder ein:

There's a small hotel
With a wishing well;
I wish that we were there, together.

Wie schön es doch jetzt wäre, dachte er, wenn Serena bei ihm im Ritz sein könnte, um das Hotelleben mit ihm zusammen zu genießen.

Der Kellner hatte die Abendzeitung auf dem Tisch liegen lassen. Louis warf einen flüchtigen Blick auf die erste Seite. Zu seiner Verblüffung entdeckte er ein Foto von sich, das ihn auf dem See im Park zusammen mit dem Schwanenboot zeigte. Die große Schlagzeile lautete:

TROMPETE SPIELENDER SCHWAN
BEGEISTERT GANZ BOSTON

Der Artikel begann so:

> Ein neuer Vogel ist in der Stadt. Sein Name ist Louis. Er ist ein Trompeterschwan, der wirklich Trompete spielen kann. So unglaublich das auch klingen mag: dieser seltene und wunderschöne Wasservogel hat eine Arbeit beim Schwanenbootbetrieb im Park angenommen

und unterhält die Fahrgäste der Boote mit dem sanften und weichen Klang seiner Trompete. Heute Nachmittag kam es nach seiner Ankunft am See zu einem Menschenauflauf, und der süße Klang seiner Trompete war noch in vielen Teilen Bostons zu hören …

Louis las den Artikel ganz und riss ihn dann aus. »Davon muss unbedingt Sam Beaver erfahren«, dachte er. Louis nahm aus dem Schreibtisch in seinem Zimmer einen Füller und ein Blatt Briefpapier; dann schrieb er:

Lieber Sam,
heute übernachte ich in dem eleganten Hotel Ritz. Du hattest Recht mit Boston – es ist sehr schön hier. Ich konnte gleich nach meiner Ankunft Arbeit finden. Ich bin für ein Gehalt von 100 Dollar in der Woche bei den Schwanenbooten angestellt. Vielleicht interessiert dich der beiliegende Artikel aus der heutigen Zeitung. Wenn alles gut geht, werde ich schon bald genug Geld haben, um die Schulden meines Vaters bezahlen zu können. Dann wird mir die Trompete ganz gehören. Ich hoffe, ich werde dann so leidenschaftlich spielen können, dass ich damit die junge Schwanenfrau beeindrucke, in die ich verliebt bin. Dann werden letztend-

lich alle glücklich sein: Die Ehre meines Vaters wird wiederhergestellt sein, der Musikladen in Billings wird entschädigt sein, und ich kann mir endlich eine Frau nehmen. Ich hoffe, dir geht es gut. Ich vermisse dich. Ein Hotelzimmer kann doch ein recht einsamer Ort sein, auch wenn es jeden Luxus bietet.

Dein Freund
Louis

Louis adressierte den Umschlag an Sam, faltete den Brief, schob den Zeitungsausschnitt hinein und suchte eine Briefmarke aus seinem Geldbeutel heraus. Dann machte er den Briefumschlag zu, klebte die Briefmarke darauf und warf den Brief in einen Briefkastenschlitz vor der Tür seines Zimmers. »Und jetzt gehe ich schlafen«, dachte er.

Er ging ins Badezimmer auf die Toilette und ließ die Badewanne mit kaltem Wasser voll laufen. Doch Serena wollte ihm einfach nicht aus dem Kopf gehen. Wie schön es nur wäre, wenn sie jetzt bei ihm sein könnte! Bevor er sich für die Nacht niederließ, nahm er seine Trompete und spielte das Lied, das er für sie in Ontario komponiert hatte:

Im Frühling, wenn die Blumen blühn,
denk ich an die Liebste fein.
Ich sitz am Ufer unterm Grün,
könnt sie doch jetzt bei mir sein.

Er bemühte sich, leise zu spielen, aber schon nach einer Minute klingelte das Telefon in seinem Zimmer. Louis nahm den Hörer ab und hielt ihn sich ans Ohr.

»Es tut mir leid, Sir«, sagte eine Stimme, »aber ich muss Sie darum bitten, leiser zu sein. Es ist den Gästen nicht gestattet, Blasinstrumente auf den Zimmern zu spielen.«

Louis legte auf und stellte seine Trompete zur Seite. Dann drehte er das Licht aus, kletterte in die Badewanne und steckte seinen Schnabel unter den rechten Flügel. So ruhte er, sanft vom Wasser gewiegt und den Kopf im Gefieder verborgen. Kurz darauf war er auch schon eingeschlafen und träumte von kleinen Seen im Frühling und von Serena, seiner einzigen und wahren Liebe.

16. Kapitel

Philadelphia

Louis arbeitete die ganze letzte Septemberwoche für den Besitzer der Schwanenboote in Boston. Louis hatte großen Erfolg und wurde berühmt. Am Samstag zahlte ihm der Bootsmann einhundert Dollar in bar, die Louis sorgfältig in seinen Geldbeutel steckte. Nachdem der Bootsmann die erste Nacht im Ritz-Carlton-Hotel gezahlt hatte, beschloss er, Louis doch lieber auf dem See statt im Hotel schlafen zu lassen, und das kam auch Louis sehr entgegen. Und so schlief er bei den Enten und Gänsen, den Kopf unter den Flügeln verborgen und vom Wasser sanft gewiegt.

Louis pflegte seine Trompete immer gut. Er polierte sie oft, bis sie glänzte, und einmal in der Woche reinigte er sie von Speichelresten. Wann immer er konnte, lernte er neue Lieder dazu, indem er den

Radios anderer Leute lauschte oder Konzerte besuchte. Schon nachdem er sie einmal gehört hatte, konnte er Melodien im Gedächtnis behalten. Er war wirklich der geborene Musiker – oder, in seinem Fall, der *ausgeschlüpfte* Musiker.

Ein Lied, das er besonders gern mochte, war »Beautiful Dreamer, Wake Unto Me«, was so viel bedeutet wie: Schöne Träumerin, wach auf und sieh mich an. Es stammt von dem amerikanischen Komponisten Stephen Foster. Immer, wenn Louis das Lied spielte, musste er an Serena denken, und immer, wenn das Lied zu Ende war, klatschten die Fahrgäste des Schwanenboots laut Beifall und riefen Bravo. Louis mochte Applaus. Er stimmte ihn fröhlich und heiter.

Am späten Nachmittag spielte Louis manchmal das Lied »Now the Day Is Over«; der Tag ist nun vorüber. Er ließ das Lied süß und traurig klingen. Und eines Nachmittags spielte er auf der letzten Fahrt des Tages das »Wiegenlied« von Brahms. Die Passagiere sangen dazu:

Plötzlich zog ein Junge in der vordersten Reihe des Bootes ein Luftgewehr unter seiner Jacke hervor und begann, Bleikugeln auf Louis' Trompete abzufeuern. Jedes Mal, wenn ein Geschoss das Blasinstrument traf, knallte es.

Dadurch klang das Wiegenlied etwa so:

Gu-ten Abend (ping)
gut Nacht (ping)
mit Ro-sen be-dacht (ping)

Die Kinder auf dem Boot lachten schallend, als sie das hörten, aber die erwachsenen Fahrgäste waren empört. Einer von ihnen nahm dem Jungen sogar das Gewehr weg. Ein anderer schrieb noch am selben Abend einen erzürnten Leserbrief an eine große Bostoner Tageszeitung, in dem er ein strengeres Gesetz zur Kontrolle von Waffen verlangte.

Am Abend versammelten sich die Leute manchmal am Ufer des Sees, um Louis' Zapfenstreich zu hören. Es war ein friedlicher Anblick und ein denkwürdiger Moment. Das Schwanenboot war noch nie so beliebt gewesen und hatte seinem Besitzer noch nie so viel Geld eingebracht. Doch Louis wusste, dass die Boote nicht den ganzen Winter fahren würden. In wenigen Tagen würden die Boote aus dem Wasser gezogen werden, um still auf den nächsten Frühling zu warten.

Eines Tages, als Louis gerade darauf wartete, dass die Fahrgäste an Bord gingen, kam ein Telegrammboote mit dem Fahrrad angefahren.

»Ich habe ein Telegramm für den Schwan«, sagte der Bote. Der Bootsmann war erstaunt, aber er nahm das Telegramm und reicht es Louis, der es sofort öffnete. Es stammte von einem Mann aus Philadelphia. Die Mitteilung lautete:

BIETE IHNEN FÜNFHUNDERT DOLLAR
DIE WOCHE FÜR
AUFTRITT IN EINEM NACHTCLUB.
ZEITRAUM ZEHN WOCHEN.
BITTE UM ANTWORT.

ABE (»LUCKY«) LUCAS
HOTEL NEMO

Louis überschlug schnell die Gesamtsumme. Fünfhundert Dollar pro Woche über einen Zeitraum von zehn Wochen – das ergab insgesamt fünftausend Dollar! Mit fünftausend Dollar könnte er leicht die Schulden seines Vaters abbezahlen.

Er nahm seine Tafel und schrieb:

ANGEBOT ANGENOMMEN.
KOMME MORGEN.
TREFFPUNKT VOGELSEE IM ZOO.
ANKUNFT 16.52 UHR.
HOFFE, ZEIT PASST IHNEN.

Louis zeigte die Mitteilung dem Jungen, der sie auf ein Telegrammformular übertrug.

»Der Empfänger zahlt«, schrieb Louis.

Der Bote nickte und radelte davon. Louis trat wieder ins Wasser, die Bootsleinen wurden eingeholt, und Louis schwamm vor dem Boot her. Er wusste, es würde sein letzter Auftritt für das Schwanenboot sein, und er war deshalb ein wenig traurig. Es war ein warmer, ruhiger Sonntagnachmittag, der letzte Sonntag im September. Louis spielte alle seine Lieblingslieder. Und als sich das Boot der Anlegestelle näherte, spielte er den Zapfenstreich.

Der letzte Ton wurde von den Mauern des Ritz-Hotels zurückgeworfen und schwebte noch eine Weile über dem Park. Es war ein trauriges Lebewohl. Für die Menschen in Boston bedeutete es das Ende des Sommers. Für den Bootsmann bedeutete es das Ende der besten Geschäftswoche, die er jemals gehabt hatte. Und für Louis bedeutete es das Ende eines weiteren Kapitels seines abenteuerlichen Lebens, seit er in die große, weite Welt ausgezogen war, um Geld zu verdienen, damit er sich und seinen Vater aus den Schwierigkeiten befreien konnte. In dieser Nacht schlummerte Louis sehr friedlich, aber er achtete darauf, dass sein Geldbeutel sicher war. Am nächsten Tag brach er auf nach Philadelphia, um Mr. Lucas zu treffen, den Mann, der ihm das Telegramm geschickt hatte.

Louis hatte keine Mühe, Philadelphia zu finden. Beinahe jeder, der es versucht, kann Philadelphia finden. Louis flog einfach mit seiner ganzen Habe los, und als er etwa dreißig Meter hoch war, folgte er den Eisenbahngleisen nach New York. Als er das Empire-State-Gebäude vor sich auftauchen sah – ein altes, berühmtes Hochhaus in New York –, schwenkte er nach rechts, flog über den Hudson River und folgte den Eisenbahnschienen zum Schuykill River. Gleich dahinter erspähte Louis den Tierpark von Philadelphia. Der Vogelsee sah von oben sehr schön aus. Es wimmelte dort von Wasservögeln aller Arten – im wesentlichen Enten und Gänse. Louis meinte aber auch zwei oder drei Schwäne erblickt zu haben.

Louis kreiste in der Luft, um eine günstige Stelle für die Landung zu finden, und genau um vier Uhr zweiundfünfzig kam er auf dem See auf. Seine Trompete stieß gegen die Tafel, die Tafel gegen die Medaille, die Medaille gegen den Kreidegriffel, und die Schnur, an der der Griffel hing, wickelte sich um den Geldbeutel. Alles in allem verursachte die Landung einen ziemlichen Aufruhr. Die Enten und Gänse waren schließlich nicht darauf vorbereitet, dass ein großer, weißer Trompeterschwan, der noch dazu allerlei mit sich herumtrug, einfach so aus dem Himmel herunterkam.

Louis schenkte den anderen Vögeln keine Beachtung. Er musste seinen Termin einhalten. Er entdeckte einen Mann, der sich auf das breite Geländer vor dem Vogelhaus lehnte. Der Mann trug einen rosaroten Anzug und einen Tiroler Hut. Er hatte ein schlaues und kluges Gesicht, so als wüsste er vieles, was man gar nicht alles zu wissen braucht.

»Das muss Abe ›Lucky‹ Lucas sein«, dachte Louis.

Er schwamm zielstrebig auf ihn zu.

»Ko-hoh!«, sagte er durch seine Trompete.

»Sehr angenehm«, antwortete Mr. Lucas. »Sie sind sehr pünktlich. Die Landung war sensationell. Willkommen im Philadelphia-Zoo, in dem es viele seltene Säugetiere, Vögel, Reptilien, Amphibien und Fische gibt, dazu noch Haie, Rochen und andere fischähnliche Wirbeltiere. Sie sollten auch auf die wilden Tiere achten – es gibt hier hunderte davon: Schlangen, Zebras, Affen, Elefanten, Löwen, Tiger, Wölfe, Füchse, Bären, Nilpferde, Nashörner, Murmeltiere, Stinktiere, Falken und Eulen. Ich komme allerdings nur selten her. Wegen meiner Arbeit halte ich mich immer im pulsierenden Herzen der Stadt auf, wo die ganzen Banken sind. Meine Arbeit lässt mir kaum Zeit für etwas anderes. Wie verlief Ihre Reise von Boston hierher?«

»Ruhig «, schrieb Louis auf seine Tafel. »Ich bin zügig vorangekommen. Wie steht es mit meiner Stelle?«

»Eine angebrachte Frage«, antwortete Mr. Lucas. »Arbeitsanfang ist am 15. Oktober. Der Vertrag ist bereits geschlossen. Arbeitsort ist ein bekannter Nachtclub jenseits des Flusses – ein Lokal mit viel Kultur und niedrigen Preisen, wo es immer hoch hergeht. Sie sollen jeden Abend dort auftreten, außer sonntags, und für die glücklichen Gäste Trompete spielen. Hin und wieder können Sie auch in einer Jazzgruppe mitspielen: ›Louis der Schwan an der Trompete‹. Die Bezahlung ist sehr gut. Es stimmt mich ganz heiter, wenn ich an die Einnahmen denke. Glück und Wohlstand liegen für Louis den Schwan und Lucky Lucas den Großzügigen gleich um die nächste Ecke. Meine Agentengebühr beträgt zehn Prozent, eine reine Bagatelle.«

»Wie komme ich zum Nachtclub?«, fragte Louis, der nicht die Hälfte von dem verstand, was Mr. Lucas sagte.

»Mit einem Taxi«, antwortete Mr. Lucas. »Kommen Sie einfach am 15. Oktober um neun Uhr abends – einem Abend, den man bestimmt in Erinnerung behalten wird – zum Nordeingang des Zoos. Dort wird ein Taxi auf Sie warten und Sie zum Club fahren. Der Fahrer ist ein Freund von mir. Auch ihm lässt seine Arbeit kaum Zeit für etwas anderes.«

»Wer wird das Taxi bezahlen?«, fragte Louis auf seiner Tafel.

»Ich«, erwiderte Mr. Lucas. »Lucky Lucas der Großzügige zahlt das Taxi für Louis den Schwan. Ach übrigens, ich sehe gerade, dass Sie einen vollen Geldbeutel bei sich tragen. Ich mache Ihnen das großzügige Angebot, dass ich Ihren Geldbeutel für Sie verwahre, solange Sie sich in Philadelphia aufhalten, einem Ort der Diebe und Taschenräuber.«

»Nein, danke«, schrieb Louis. »Verwahre den Geldbeutel lieber selbst.«

»Na schön«, sagte Mr. Lucas. »Und jetzt wäre da noch eine Kleinigkeit zu klären. Die meisten Vögel, die auf dieser luxuriösen Lagune schwimmen, sind operiert worden. Mein aufrichtiges und ehrliches Wesen zwingt mich dazu, Ihnen mitzuteilen, dass die Zooverwaltung normalerweise jedem Vogel eine Flügelspitze abschneidet – eine schmerzlose Operation, die in allen Zoos der ganzen Welt üblich ist. Ich glaube, ›kupieren‹ ist der richtige Ausdruck dafür. Dadurch werden die Wasservögel daran gehindert, die engen Grenzen des Tierparks zu verlassen und davonzufliegen, denn wenn ein Flügel kürzer ist als der andere, ist das Gleichgewicht des Vogels gestört. Jeder Versuch zu fliegen würde scheitern. Kurz gesagt: Er kann nicht fliegen. Da ich nun bereits im Voraus Ihre heftige Ablehnung ahnte, machte ich dem Mann, der die Vogelabteilung leitet, einen Vorschlag. Er erklärte sich damit einverstanden, Ihren Flügel nicht zu beschneiden. Das wäre also soweit geregelt. Er ist ein Mann von Ehre. Ihre Bewegungsfreiheit ist Ihnen sicher. Als Gegenleistung für diese große Nachsicht des Zoos, müssen Sie jedoch jeden Sonntagnachmittag hier am See ein kostenloses Konzert für die Einwohner Philadelphias geben, für die einfachen Leute, die hierherkommen, um sich ein wenig von der anstrengenden Woche zu erholen. Einverstanden?«

»Ja«, schrieb Louis. »Werde sonntags Konzerte geben.«

»Gut!«, sagte Mr. Lucas. »Dann leben Sie für den Augenblick wohl! Bis zum 15. Oktober, um neun Uhr am Nordeingang. Ein Taxi wird dort auf Sie warten. Spielen Sie schön, süßer Schwan! Sie werden das größte Ereignis in Philadelphia seit 1787 sein, als hier die amerikanische Verfassung beschlossen wurde.«

Das verstand Louis zwar nicht, aber er nickte Mr. Lucas zum Abschied zu und schwamm dann zur Insel in der Mitte des Sees. Er trat ans Ufer, ordnete seine Sachen, glättete sein Gefieder und ruhte sich etwas aus. Er war sich nicht sicher, ob ihm die neue Arbeit gefallen würde. Er war sich auch nicht sicher, ob er Mr. Lucas mochte. Aber er brauchte dringend Geld, und wenn man Geld braucht, ist man bereit, sich auch auf Schwierigkeiten und Ungewissheiten einzulassen. Ein *Gutes* an dem Ganzen war der Zoo. Er schien ein äußerst angenehmer Ort zu sein, trotz dessen, was Louis über das Beschneiden der Flügel gehört hatte. Und Louis hatte nicht die Absicht, sich einen Flügel abschneiden zu lassen.

»Ich werden jeden verprügeln, der *das* bei mir wagen sollte!«, sagte er zu sich selbst.

Er freute sich, so viele andere Wasservögel zu sehen. Es gab vielerlei Enten und Gänse. Und in der Ferne konnte er sogar drei Trompeterschwäne sehen. Sie wohnten schon lange auf dem See und hießen Amor,

Felix und Beata. Louis beschloss, ein oder zwei Tage zu warten, bevor er sich ihnen vorstellte.

Der Vogelsee war von einem Zaun umgeben. Als der Abend kam, an dem Louis' Arbeit beginnen sollte, polierte Louis seine Trompete, hängte sich seine Sachen um und flog über den Zaun. Pünktlich um neun Uhr landete er beim Nordeingang. Und wie Mr. Lucas ihm versprochen hatte, wartete dort schon das Taxi auf ihn. Louis stieg ein und wurde zu seiner neuen Arbeitsstelle gefahren.

17. Kapitel

Serena

Im Laufe der folgenden zehn Wochen wurde Louis reich. Jeden Abend außer Sonntag spielte er im Nachtclub Trompete. Die Arbeit gefiel ihm überhaupt nicht. Der Club war voll, groß und lärmig. Alle sprachen zu laut, aßen zu viel und tranken zu viel. Die meisten Vögel legen sich gern bei Sonnenuntergang schlafen. Sie haben keine Lust, die halbe Nacht aufzubleiben und Leute zu unterhalten. Doch Louis war Musiker, und Musiker können sich ihre Arbeitszeiten nicht aussuchen – sie müssen zu den Zeiten arbeiten, die ihr Auftraggeber wünscht.

Jeden Samstagabend kassierte Louis seinen Lohn – fünfhundert Dollar. Mr. Lucas war immer zugegen, um sofort seine Agentengebühr von zehn Prozent abzuziehen. Nachdem Louis Mr. Lucas ausgezahlt hatte, blieben ihm noch vierhundertfünfzig Dollar übrig. Die steckte er in seinen Geldbeutel, hüpfte in das wartende Taxi und kehrte zum Vogelsee zurück, wo er gegen drei Uhr morgens eintraf. Sein Geldbeutel wurde so prall von dem Geld, dass Louis allmählich Angst hatte, er könnte platzen.

Sonntagnachmittags kamen bei gutem Wetter wahre Menschenmassen am Ufer des Vogelsees zusammen. Louis stand dann auf der Insel im See und spielte Trompete. Seine Konzerte wurden zu einem beliebten Ereignis in Philadelphia, wo sonntags nicht viel los ist. Louis nahm die Konzerte sehr ernst. Durch sie erwarb er sich das Recht auf seine Freiheit und auf heile Flügel.

Sonntags war Louis immer in Hochform. Statt Jazz-, Rock-, Folk- oder Countrymusik zu spielen, spielte er Teile aus den Werken großer Komponisten: Ludwig van Beethoven, Wolfgang Amadeus Mozart und Johann Sebastian Bach. Musik, die er im Lager Kookooskoos kennen gelernt hatte. Louis mochte auch die Musik des berühmten amerikanischen Komponisten George Gershwin. Wenn er das bekannte Lied »Summertime« aus dem Musical *Porgy und Bess* von Gershwin spielte, hatten die Einwohner Philadelphias das Gefühl, dass dies die aufregendste Musik war, die sie jemals gehört hatten. Louis wurde als ein so guter Trompeter betrachtet, dass er einmal sogar als Gast beim Philadelphia Symphonie-Orchester mitspielen durfte.

Ungefähr eine Woche vor Weihnachten zog ein

heftiger Sturm auf. Der Himmel verdüsterte sich. Ein starker Wind heulte. Fenster klapperten. Fensterläden wurden aus den Angeln gerissen. Alte Zeitungen und Süßigkeitenpapiere wurden vom Wind davongeweht und wie Konfetti verstreut. Viele Tiere im Zoo waren unruhig und aufgeregt. Im Elefantenhaus trompeteten panisch die Elefanten. Die Löwen brüllten und liefen unruhig auf und ab. Der schwarze Kakadu schrie. Tierpfleger rannten hin und her, um Türen und Fenster zu verschließen und alles gegen die schreckliche Gewalt des Sturmes zu sichern.

Das Wasser des Vogelsees wurde vom heftigen Wind aufgewühlt, bis der See aussah wie ein kleiner Ozean. Viele der Wasservögel suchten Schutz auf der Insel.

Louis, der im Windschatten der Insel auf dem See schwamm, kämpfte tapfer gegen den Sturm an. Unermüdlich paddelte er mit seinen Füßen, aber seine Augen waren geweitet vor Staunen über die Stärke des Windes. Plötzlich sah Louis etwas in der Luft. Es stieß durch die Wolken. Zuerst konnte Louis nicht erkennen, was es war.

»Vielleicht kommt ja eine fliegende Untertasse«, dachte er.

Dann sah er, dass es ein großer, weißer Vogel war, der verzweifelt gegen den Wind ankämpfte. Seine Flügel bewegten sich schnell. Kurz darauf stürzte der Vogel zu Boden und plumpste auf das Ufer, wo er ausgestreckt

liegen blieb, als wäre er tot. Louis starrte zu ihm hin. Er konnte seinen Blick kaum lösen. Endlich blickte er weg, schaute aber gleich wieder hin.

»Er sieht aus wie ein Schwan«, dachte er.

Es *war* ein Schwan.

»Er sieht aus wie ein *Trompeter*schwan«, dachte er.

Es *war* ein Trompeterschwan.

»Ach du lieber Himmel«, sagte Louis zu sich, »er sieht aus wie Serena. Es *ist* Serena. Endlich ist sie hier! Meine Gebete sind erhört worden!«

Louis hatte Recht. Serena, die Schwanenfrau seiner

Begierde, war vom tosenden Sturm erwischt und quer durch Amerika gefegt worden. Als sie den Vogelsee unter sich sah, beendete sie ihren Flug, beinahe tot vor Erschöpfung.

Louis war versucht, zu ihr hinzustürzen. Doch dann hielt er inne und überlegte: »Nein, das wäre ein Fehler. Sie ist im Moment nicht in der Verfassung, sich anzuhören, wie tief ich für sie empfinde und wie sehr ich sie liebe. Dazu ist sie zu erschöpft. Ich werde warten. Ich werde warten, bis sich die richtige Gelegenheit ergibt. Sie soll erst einmal wieder zu sich kommen. Dann werde ich zu ihr gehen und an unsere frühere Bekanntschaft anknüpfen.«

An diesem Abend ging Louis nicht zur Arbeit; das Wetter war zu schlecht. Er blieb die ganze Nacht in der Nähe seiner geliebten Schwanenfrau und wachte über sie. Als der Morgen anbrach, legte sich der Wind. Der Himmel klärte sich auf. Der See wurde wieder ruhig. Der Sturm war vorbei. Serena regte sich und erwachte. Sie war noch immer erschöpft und zerzaust. Louis ging noch nicht zu ihr.

»Ich warte lieber noch ein wenig«, dachte er. »Wenn man verliebt ist, muss man zwar auch etwas wagen. Aber ich sollte nicht alles bei einem Vogel wagen, der zu müde ist, um klar denken zu können. Ich werde nichts überstürzen und mich nicht beunruhigen. Früher, am Red Rock Lake, hatte ich keine Stimme, und Serena beachtete mich nicht, weil ich ihr meine Liebe nicht erklären konnte. Jetzt habe ich dank meines tapferen Vaters meine Trompete. Mit der Musik werde ich Serena meine ganze Sehnsucht und meine Ergebenheit mitteilen können. Sie wird mich ›Ko-hoh‹ sagen hören. Ich werde ihr in einer Sprache, die jeder verstehen kann, in der Sprache der Musik, sagen, dass ich sie liebe. Sie wird die Trompete hören, und sie wird mein sein. Das *hoffe* ich zumindest.«

Immer, wenn ein fremder Vogel am Vogelsee auftauchte, wurde das dem Vogelwart berichtet, der sein Büro im Vogelhaus hatte. Der Leiter gab dann die Anweisung, dem neuen Vogel einen Flügel zu beschneiden. Heute jedoch hatte der Wärter, der die Wasservögel für gewöhnlich versorgte, Grippe und war deshalb nicht zur Arbeit erschienen. Niemand bemerkte, dass ein neuer Trompeterschwan angekommen war. Serena war allerdings auch sehr still, sie fiel kaum auf.

Jetzt gab es fünf Trompeterschwäne auf dem See. Da waren zunächst die drei Zooschwäne Amor, Felix und Beata. Dann war da natürlich Louis. Und nun gab es noch den Neuankömmling Serena, die noch immer erschöpft war, aber langsam wieder auflebte.

Am späten Nachmittag rappelte Serena sich auf, besah sich ihre Umgebung, aß einen Bissen und nahm ein Bad. Nach dem Bad lief sie ans Ufer und putzte eine Weile lang ihr Gefieder. Jetzt ging es ihr deutlich besser. Und als alle ihre Federn wieder geglättet waren, sah sie zauberhaft aus – edel, würdevoll und anmutig.

Louis erbebte innerlich, als er sah, wie schön sie war. Erneut war er versucht, zu ihr zu schwimmen, auf der Trompete »Ko-hoh« zu spielen und zu sehen, ob sie sich noch an ihn erinnerte. Doch dann fiel ihm etwas Besseres ein.

»Es besteht kein Grund zur Eile«, dachte er. »Sie wird Philadelphia schließlich nicht gleich heute Abend verlassen. Ich werde zur Arbeit gehen, und wenn ich zurückkomme, werde ich die Nacht über in ihrer Nähe bleiben. Beim ersten Tageslicht werde ich sie dann mit einem Lied wecken, das von Liebe und Sehnsucht kündet. Sie wird noch müde sein; der Klang meiner Trompete wird in ihr schläfriges Hirn dringen und sie mit Gefühlen erfüllen. Meine Trompete wird das Erste sein, was sie hört. Sie wird mir kaum widerstehen können. Ich werde das Erste sein, was sie sieht, wenn sie die Augen aufschlägt, und von dem Augenblick an wird sie mich lieben.«

Louis war sehr zufrieden mit seinem Plan und begann, ihn vorzubereiten. Er schwamm ans Ufer, versteckte seine Gegenstände unter einem Busch und kehrte dann ins Wasser zurück, wo er aß und badete. Anschließend zupfte er seine Federn ordentlich zurecht. Er wollte für den nächsten Morgen, an dem die große Begegnung stattfinden sollte, so schön wie möglich sein. Danach ließ er sich eine Zeit lang auf dem Wasser treiben und dachte an alle Lieder, die er gerne mochte.

Er überlegte, welches von ihnen er am Morgen spielen sollte, um Serena zu wecken. Schließlich entschied er sich für »Beautiful Dreamer, Wake Unto Me« – Schöne Träumerin, wach auf und sieh mich an. Er hatte dieses Lied schon immer geliebt. Es klang traurig und süß.

»Sie wird eine wundervolle Träumerin sein«, dachte Louis, »und sie wird aufwachen und mich ansehen. Das Lied passt wirklich vortrefflich auf die Situation.«

Er wollte das Lied noch schöner spielen als jemals zuvor. Es war eine seiner besten Nummern. Er konnte es wirklich wunderschön spielen. Als er es einmal auf einem seiner sonntäglichen Konzerte gespielt hatte, war zufällig ein Musikkritiker von einer Zeitung aus Philadelphia unter den Zuhörern gewesen, und am nächsten Morgen stand in der Zeitung: »Manche seiner Töne sind wie Juwelen, die im Licht funkeln. Die Gefühle, die er vermittelt, sind klar und rein.« Diese Bemerkung hatte sich Louis gemerkt. Er war stolz darauf.

Jetzt wünschte er sich sehnlichst den Morgen herbei, aber vorher musste er noch in den Nachtclub gehen. Louis ahnte, dass ihm die Nacht lang werden und er sicher kein Auge zutun würde.

Schließlich schwamm Louis wieder an Land, um seine Besitztümer zu holen. Als er jedoch unter den Busch schaute, durchfuhr ihn ein furchtbarer Schreck: Seine Medaille war noch da, auch seine

Tafel, seine Kreide und sein Geldbeutel, aber wo war die Trompete? Seine Trompete war spurlos verschwunden. Armer Louis. Ihm blieb fast das Herz stehen. »O nein!«, sagte er zu sich. »O nein!« Ohne seine Trompete wäre sein ganzes Leben ruiniert, und alle seine Zukunftspläne würden zusammenstürzen.

Er raste vor Wut, Angst und Entsetzen. Hastig stürzte er zurück ins Wasser und suchte den ganzen See ab. In der Ferne erspähte er eine kleine, bunte Brautente, die etwas Glänzendes in ihrem Schnabel zu halten schien. Und tatsächlich, es war die Trompete! Die Ente versuchte gerade, darauf zu spielen. Louis tobte. Wie ein Pfeil schoß er über den See. Er war sogar noch schneller als an dem Tag, an dem er Jim Appelberg vor dem Ertrinken gerettet hatte. Und ehe sich die Ente versah, war er auch schon bei ihr, schlug ihr mit dem Flügel auf den Kopf und schnappte sich seine kostbare Trompete. Der Ente wurde schwarz vor Augen. Louis polierte sorgsam seine Trompete, blies die Spucke heraus und hängte sie sich dann um seinen Hals, wo sie hingehörte.

Jetzt war er fertig und bereit. »Möge die Nacht bald hereinbrechen, und mögen die Stunden schnell vergehen! Damit es endlich Morgen wird und meine wunderschöne Träumerin erwacht!«

Endlich wurde es Abend. Und endlich wurde es neun Uhr. Wie immer fuhr Louis mit dem Taxi zur Arbeit. Im

Zoo kehrte allmählich Nachtruhe ein. Die Besucher waren bereits alle nach Hause gegangen. Viele der Tiere schliefen oder dösten. Einige andere – die großen Raubkatzen, der Waschbär, das Gürteltier, eben all jene, die die Nacht mögen – streiften ruhelos herum. Der Vogelsee war in Dunkelheit gehüllt. Die meisten Wasservögel hatten ihre Köpfe unter die Flügel gesteckt und schliefen. Die drei Schwäne aus dem Zoo – Amor, Felix und Beata – schliefen am einen Ende des Sees bereits tief und fest. Auch Serena, die sich in der Nähe der Insel auf dem Wasser wiegte, die schöne Serena, schlief schon bald und träumte. Ihr langer, weißer Hals war hübsch zurückgebogen; ihr Kopf lag auf ihren weichen Federn.

Um zwei Uhr in der Früh kehrte Louis von seiner Arbeit zurück. Er flog über den niedrigen Zaun und setzte so leise wie möglich in Serenas Nähe auf dem Wasser auf. Er versuchte erst gar nicht zu schlafen. Die Nacht war hell und klar, wie so oft kurz vor Weihnachten. Louis betrachtete abwechselnd die Sterne und die still schlummernde Serena. So wartete er Stunde um Stunde auf den Tagesanbruch.

Endlich zeigte sich im Osten das erste schwache Licht. Bald würden sich die Tiere regen, und bald käme der Morgen. »Das ist der richtige Augenblick«, dachte Louis. »Die Zeit ist gekommen, um meine Geliebte zu wecken.«

Er stellte sich vor Serena und setzte die Trompete an den Schnabel. Er hob seinen Kopf, sodass die Trompete leicht nach oben zum Himmel deutete, wo das erste Licht zu sehen war.

Er begann zu spielen.

»Beautiful dreamer«, spielte er, »wake unto me …«

Die ersten drei oder vier Noten spielte er sehr leise. Doch so wie das Licht heller wurde, wurde auch er immer lauter.

Jeder Ton war wie ein Juwel, der im Licht funkelt. Im Zoo hatte man Louis' Trompete noch nie zu solch früher Dämmerstunde gehört. Der Klang schien alle Gebäude, Tiere, Bäume, Sträucher, Wege, Käfige und Gehege zu erfüllen. Die verschlafenen Bären, die in ihren Höhlen dösten, spitzten die Ohren. Die Füchse, die in ihren Bauten lagen, lauschten dem süßen und verträumten Klang der Trompete, die das Morgenlicht begrüßte. Im Löwenhaus lauschten die großen Raubkatzen. Und im Affenhaus lauschte verwundert der alte Pavian dem Lied.

Beau-ti-ful dream-er, wake un-to me …

Das Nilpferd hörte das Lied, und der Seehund in seinem Wasserbecken. Der graue Wolf hörte es, und der Yak in seinem Gehege. Der Dachs, der Waschbär, der Nasenbär, das Stinktier, das Wiesel, der Otter, das Lama, das Dromedar, der Weißwedelhirsch – alle hörten sie das Lied und lauschten ihm gebannt. Die Antilope hörte es, und das Kaninchen. Der Biber hörte es, und die Schlange, die gar keine Ohren *hat*. Das Großkänguru, das Opossum, der Ameisenbär, das Gürteltier, der Pfau, die Taube, der Laubenvogel, der Kakadu, der Flamingo – alle hörten es, und alle merkten, dass irgendetwas Ungewöhnliches im Gange war.

Auch alle Einwohner Philadelphias, die bei geöffneten Fenstern schliefen, wachten auf und hörten die Trompete. Doch niemand, der das Lied hörte, wusste, dass mit ihm ein junger Schwan über seine Stummheit triumphierte.

Louis dachte nicht an seine große Zuhörerschar aus Mensch und Tier. Seine Aufmerksamkeit galt nicht den Bären und Büffeln und Kasuaren und Eidechsen und Falken und Eulen und den Menschen in ihren Schlafzimmern. Seine Aufmerksamkeit galt einzig und allein Serena, der Schwanenfrau seiner Wahl, der schönen Träumerin. Er spielte nur für sie, für sie ganz allein.

Beim ersten Laut der Trompete erwachte sie. Sie

hob ihren Kopf und streckte ihren Hals zu voller Länge. Was sie sah, erfüllte sie mit Verwunderung. Sie blickte geradewegs auf Louis. Zuerst konnte sie sich kaum entsinnen, wo sie war. Direkt vor sich sah sie einen gut aussehenden Schwan von stattlichen Maßen. An seinen Schnabel hielt er ein seltsames Gerät, das sie noch nie zuvor gesehen hatte. Und dieses seltsame Gerät erzeugte Töne, die sie vor Freude und Liebe erbeben ließen. Während das Lied andauerte und es allmählich heller wurde, verliebte sie sich bis über beide Ohren in diesen kühnen Trompeter, der sie aus ihren Träumen geweckt hatte. Die Träume der Nacht waren verschwunden. An ihre Stelle waren neue Träume getreten, Träume des Tages.

In Serena stiegen Empfindungen auf, die sie noch nie zuvor gefühlt hatte – Entzücken, Begeisterung und unbändiges Staunen.

Noch nie hatte sie einen besser aussehenden Schwan gesehen. Und ganz gewiss hatte sie noch nie einen Schwan gesehen – egal, ob Frau oder Mann –, der so viel um seinen Hals hängen hatte. Und noch nie zuvor hatte ein Lied sie derart ergriffen.

»Oh!«, dachte sie verzückt. »Oh, oh, oh, oh!«

Das Lied verklang. Louis senkte seine Trompete und verbeugte sich feierlich vor Serena. Dann hob er seine Trompete nochmals.

»Ko-hoh!«, spielte er.

»Ko-hoh!«, erwiderte Serena.

»Ko-hoh, ko-hoh!«, sagte Louis durch seine Trompete.

»Ko-hoh, ko-hoh!«, antwortete Serena.

Beide fühlten sich von einem geheimnisvollen Band der Zuneigung zueinander hingezogen.

Louis schwamm einmal rasch um Serena herum.

Dann schwamm Serena einmal um Louis herum. Das schien den beiden Spaß zu machen.

Louis senkte seinen Hals und bewegte ihn vor und zurück.

Serena senkte ebenfalls ihren Hals und bewegte ihn vor und zurück.

Louis spritzte ein wenig Wasser in die Luft. Daraufhin spritzte auch Serena ein wenig Wasser in die Luft. Es war wie ein Spiel. Für Louis war es die Erfüllung einer langen Sehnsucht; für Serena war es Liebe auf den ersten Blick.

Dann beschloss Louis, sich ihr im besten Licht zu zeigen. »Ich werde ihr das Lied vorspielen«, dachte er, »das ich im letzten Sommer im Zeltlager für sie komponiert habe.« Erneut hob er seine Trompete.

Im Frühling, wenn die Blumen blühn,
denk ich an die Liebste fein.
Ich sitz am Ufer unterm Grün,
könnt sie doch jetzt bei mir sein.

Die Töne erschallten klar und rein. Sie erfüllten den Zoo mit ihrer Schönheit. Falls Serena vorher noch irgendeinen Zweifel gehabt hatte – jetzt hatte sie keinen mehr. Sie erlag vollkommen diesem Magier, diesem gut aussehenden Musiker, diesem prächtigen und talentierten Schwan.

Louis merkte, dass sein Plan Erfolg hatte. Seine schöne Träumerin war aufgewacht und hatte nur noch Augen für ihn. Nie mehr würden sie sich trennen. Den ganzen Rest ihres Lebens würden sie von nun an gemeinsam verbringen. Louis musste an kleine, stille Waldseen denken, wo Schilfrohr wuchs und Rotschulterstärlinge sangen. Er dachte an Frühling, an Nester und an lauter kleine Schwäne. Im Frühling, wenn die Blumen blühn!

Sein Vater hatte Louis einmal erzählt, was Tauchern passiert, die tief, tief in den Ozean hinabtauchen. In großen Tiefen, wo der Druck zu hoch ist und die Unterwasserwelt seltsam und geheimnisvoll, erleben die Taucher manchmal etwas, was sie den »Tiefenrausch« nennen. Sie fühlen sich derart friedlich und verzaubert, dass sie nie mehr an die Oberfläche zurückkehren wollen. Louis' Vater hatte ihn davor gewarnt. »Wenn du tief tauchst«, hatte er gesagt, »vergiss nie, dass dieses Gefühl des Entzückens zu deinem Tod führen kann. Egal, wie wundervoll du dich dort unten fühlst, *vergiss niemals, an die Oberfläche zurückzukehren*, wo du wieder atmen kannst!«

Als Louis Serena anschaute, musste er denken: »Ich glaube, die Liebe gleicht dem Tiefenrausch. Ich fühle mich so gut, dass ich am liebsten für immer im

Hier und Jetzt verweilen würde. Ich erlebe den Tiefenrausch, obwohl ich mich auf der Wasseroberfläche befinde. Ich habe mich noch nie so gut gefühlt, so friedlich, so freudig, so glücklich und so sehnsüchtig! Wenn die Liebe sich an einem kalten Dezembertag im Philadelphia-Zoo so anfühlt, wie muss sie sich dann erst im Frühling an einem entlegenen See in Kanada anfühlen!«

Das waren Louis' innerste Gedanken. Er war der glücklichste Vogel auf Erden. Zu guter Letzt war er doch noch ein richtiger Trompeterschwan geworden. Er hatte seine Behinderung am Ende besiegen können. Er war seinem Vater sehr dankbar.

Vorsichtig legte er seinen Kopf auf Serenas schönen weißen Hals. Es war eine sehr gewagte Geste, aber ihr schien es zu gefallen. Dann entfernte er sich wieder. Sofort schwamm Serena auf ihn zu und legte vorsichtig *ihren* Kopf auf *seinen* Hals. Dort ruhte er für einen Moment; dann schwamm sie wieder weg.

»Wie gewagt!«, dachte sie. »Aber er scheint es zu mögen. Wie schön, dass ich den richtigen Partner für mich gefunden habe – einen Schwan, den ich lieben und ehren kann, einen Schwan, der nicht nur musikalisch zu sein scheint, sondern auch noch ausgesprochen reich. Man muss sich nur all diese *Dinge* anschauen!«, sagte Serena zu sich. Ihre Augen weideten sich an der Trompete, der Tafel, dem Kreidegriffel, dem Geldbeutel und der Lebensrettungsmedaille.

»Was für ein heiterer Schwan!«, dachte sie. »Und was für ein eleganter Bursche!«

Zusammen schwammen sie auf die andere Seite des Sees, wo sie für sich sein konnten. Louis, der vollkommen übermüdet war, schlief ein, während Serena frühstückte und sich frisch machte.

18. Kapitel

Kampf um die Freiheit

Die Nachricht von Serenas Ankunft drang schließlich doch irgendwann zum Vogelwart vor. Sofort lief er nach draußen, um einen Blick auf Serena zu werfen, und war hocherfreut. Er wandte sich an einen seiner Wärter.

»Sehen Sie zu, dass ihr noch heute Morgen der Flügel beschnitten wird – am besten gleich, bevor sie uns davonfliegen kann. Dieser Schwan ist sehr wertvoll. Sorgen Sie dafür, dass sie nicht entkommt!«

Louis erwachte gerade aus seinem Nickerchen, als er sah, wie zwei Wärter von hinten auf Serena zuschlichen, die am Ufer in der Nähe des Zauns stand. Der eine Wärter trug ein großes Netz an einem langen Griff bei sich. Der andere hatte chirurgische Instrumente dabei. Langsam und leise kamen sie auf Serena zu.

Louis wusste sofort, was sie im Schilde führten. Ihm wurde ganz heiß vor Zorn. Wenn es diesen Männern tatsächlich gelang, Serena einzufangen und ihr eine Flügelspitze abzuschneiden, würden all seine Pläne scheitern. Serena würde nie mit ihm an einen einsamen See fliegen können; sie würde den ganzen Rest ihres Lebens in Philadelphia verbringen müssen – ein schreckliches Schicksal!

»Das ist mein großer Auftritt«, dachte Louis. »Niemand wird meiner Geliebten den Flügel beschneiden, solange *ich* in ihrer Nähe bin.«

Er eilte zur Insel und wappnete sich für den Kampf, indem er seine Trompete und die übrigen Gegenstände unter einem Weidenbaum ablegte. Dann kehrte er ins Wasser zurück und wartete auf den richtigen Zeitpunkt zum Angriff.

Der Wärter, der das Netz in der Hand hielt, kroch leise auf Serena zu. Sie bemerkte ihn nicht; sie stand bewegungslos da und träumte von Louis. Langsam, ganz langsam hob der Wärter das Netz. In diesem Augenblick griff Louis an. Er senkte seinen langen, kräftigen Hals, bis er wie eine Lanze nach vorn ragte, dann schoss er flügelschlagend und wassertretend über das Wasser auf den Wärter zu. Im Nu hatte er den Schauplatz erreicht und bohrte seinen kräftigen Schnabel in das Gesäß des Mannes. Es war ein wohlgezielter Stoß. Der Wärter krümmte sich vor Schmerzen und ließ das Netz fallen. Der andere Wärter versuchte gerade, Serena an der Kehle zu packen. Louis verpasst ihm mit seinen Flügeln einige schreckliche Hiebe, bis der arme Mann zu Boden ging. Die chirurgischen Instrumente flogen in die Luft. Das Netz fiel ins Wasser. Stöhnend presste der eine Wärter seine Hand auf sein Hinterteil, während der andere Wärter beinahe bewusstlos am Boden lag.

Serena schlüpfte schnell ins Wasser und schwamm anmutig davon. Louis folgte ihr. Er gab ihr Zeichen, im Wasser zu bleiben. Dann sauste er zurück zur Insel, packte seine Trompete, seine Tafel, seine Kreide, seine Medaille und seinen Geldbeutel, flog über das Geländer und marschierte zielsicher in das Vogelhaus hinein. Er war noch immer wütend. Schnurstracks lief er zum Büro des Leiters und klopfte an die Tür.

»Herein!«, rief eine Stimme.

Louis trat ein. Der Leiter saß hinter seinem Schreibtisch.

»Hallo, Louis!«, sagte er.

»Ko-hoh!«, erwiderte Louis mit seiner Trompete.

»Was hast du auf dem Herzen?«, fragte der Mann.

Louis legte seine Trompete beiseite und nahm die Tafel und den Griffel zur Hand. »Ich bin verliebt«, schrieb er.

Der Leiter lehnte sich in seinen Stuhl zurück und verschränkte die Hände hinter dem Kopf. Sein Gesicht nahm einen entrückten Ausdruck an. Einen Augenblick lang blickte er schweigend aus dem Fenster.

»Nun«, sagte er schließlich, »es ist ganz natürlich, dass du verliebt bist. Du bist jung. Du bist talentiert. Und in ein paar Monaten kehrt der Frühling ein. Alle Vögel verlieben sich im Frühling. Ich nehme an, du liebst einen meiner jungen Schwäne.«

»Serena«, schrieb Louis. »Sie kam vorgestern hier an. Ich kenne sie von früher aus Montana. Sie liebt mich ebenfalls.«

»Das überrascht mich nicht«, sagte der Leiter. »Du bist ein sehr ungewöhnlicher junger Schwan. Jede junge Schwanenfrau würde sich in dich verlieben. Du bist ein großartiger Trompeter – einer der besten. Ich freue mich, von dieser Liebe zu erfahren, Louis. Deine Braut und du, ihr könnt am Vogelsee sicher und geborgen eure Familie aufziehen, im ältesten Zoo der Vereinigten Staaten.«

Louis schüttelte den Kopf. »Ich habe andere Pläne«, schrieb er. Dann legte er die Tafel beiseite und nahm wieder seine Trompete. »They say falling in love is wonderful …« – Man sagt, die Liebe sei wundervoll. Es war ein altes Lied von Irving Berlin. Der Raum füllte sich mit dem Klang der Liebe. Der Leiter bekam einen ganz verträumten Blick.

Louis hob wieder die Tafel. »Ich nehme Serena in ein oder zwei Tagen mit«, schrieb er.

»O nein, das wirst du nicht!«, sagte der Leiter mit fester Stimme. »Serena gehört jetzt dem Zoo. Sie ist Eigentum der Bewohner Philadelphias. Sie wurde durch Gottes Hand hierher verschlagen.«

»Es war nicht Gottes Hand«, schrieb Louis. »Es war ein heftiger Sturm.«

»Wie dem auch sei«, sagte der Leiter, »jetzt ist sie jedenfalls *mein* Schwan.«

»Nein, sie ist mein«, schrieb Louis. »Kraft der Liebe – der stärksten Gewalt auf Erden – gehört sie mir.«

Der Leiter wurde nachdenklich. »Du kannst Serena nicht mitnehmen. Sie wird nie wieder fliegen können. Meine Wärter haben ihr vor ein paar Minuten einen Flügel beschnitten.«

»Das haben sie versucht«, schrieb Louis, »aber ich habe sie verprügelt.«

Der Leiter staunte. »War es denn ein guter Kampf?«

»Es war ein fairer Kampf«, antwortete Louis. »Sie haben sich von hinten an Serena herangeschlichen, und ich schlich mich an *sie* heran. Sie wussten kaum, wie ihnen geschah.«

Der Leiter schmunzelte. »Ich wäre gern dabei gewesen«, sagte er. »Aber sieh mal, Louis, du musst versuchen, meine Lage zu verstehen. Ich stehe im Dienst der Einwohner Philadelphias. In den letzten Monaten sind durch Zufall *zwei* seltene Vögel in meinen Besitz gelangt – du und Serena. Zwei Trompeterschwäne! Die eine verschlug ein Sturm hierher, der andere kam wegen einer Anstellung in einem Nachtclub. Das Ganze ist höchst ungewöhnlich für einen Zoo. Ich bin der Öffentlichkeit verantwortlich. Als

Leiter der Vogelabteilung ist es meine Pflicht, dafür zu sorgen, dass Serena hierbleibt. Du selbst kannst natürlich jederzeit gehen, wohin du willst, da Mr. Lucas darauf bestand, dass deine Freiheit erhalten bleibt, als wir über deine Sonntagskonzerte sprachen. Doch in Serenas Fall… nun, Louis, man wird ihr die Spitze des linken Flügels beschneiden. Der Zoo kann es sich nicht leisten, einen jungen, schönen und wertvollen Trompeterschwan zu verlieren, nur weil *du* zufällig in ihn verliebt bist. Überdies begehst du einen großen Fehler. Wenn Serena und du hierbleibt, seid ihr sicher. Hier habt ihr keine Feinde. Ihr werdet niemals Hunger leiden. Niemand wird je auf euch schießen. Ihr werdet nie an einer Bleivergiftung sterben, weil ihr Schrotkugeln geschluckt habt, die am Boden jedes natürlichen Sees und Teiches liegen. Jedes Frühjahr können eure jungen Schwanenkinder ausschlüpfen und ein langes Leben in vollkommener Behaglichkeit und in vollkommenem Komfort verbringen. Was kann ein junger Schwan noch mehr verlangen?«

»Freiheit«, entgegnete Louis auf seiner Tafel. »Sicherheit ist gut und schön – aber ich ziehe meine Freiheit vor.«

Und mit diesen Worten nahm er seine Trompete und spielte »Button up your overcoat, when the wind blows free…« – Knöpf deinen Mantel zu, wenn der Sturmwind bläst…

Der Leiter lächelte. Er verstand, was Louis meinte.

Eine Weile lang versanken die beiden in Schweigen. Schließlich legte Louis seine Trompete beiseite und schrieb: »Ich bitte Sie um zwei Gefälligkeiten. Als Erstes bitte ich Sie darum, Serenas Operation bis nach Weihnachten zu verschieben – ich stehe dafür gerade, dass sie keinen Versuch machen wird zu fliehen. Und als Zweites würde ich gern ein Telegramm abschicken.«

»Einverstanden, Louis«, antwortete der Leiter. Er reichte Louis ein Blatt Papier und einen Stift, und Louis verfasste ein Telegramm an Sam Beaver. Darauf stand:

BIN IM PHILADELPHIA ZOO. DIES IST
EIN NOTFALL.
KOMM BITTE SOFORT HER. WERDE
DEN FLUG BEZAHLEN.
BIN JETZT REICH.

LOUIS.

Er gab dem Leiter das Telegramm zusammen mit fünf Dollar aus seinem Geldbeutel. Der Leiter war fassungslos. In der ganzen Zeit, die er nun schon im Zoo arbeitete, war dies das erste Mal, dass ein Vogel ihn darum bat, ein Telegramm abschicken zu dürfen. Und er rätselte auch, wer Sam Beaver wohl war. Dennoch schickte er das Telegramm ab und befahl den Wärtern, Serena für ein paar Tage in Ruhe zu lassen – worüber diese nicht unfroh waren.

Louis bedankte sich beim Leiter und ging. Er kehrte zu Serena zurück, und glücklich verbrachten sie zusammen den Tag. Sie badeten, schwammen, aßen, tranken und zeigten einander mit vielen Kleinigkeiten, wie sehr sie sich liebten.

Einen Tag nach Weihnachten traf Sam tatsächlich im Zoo ein. Er war ausgerüstet, als wollte er in die Wälder gehen. Unter dem einen Arm hielt er einen sauber zusammengerollten Schlafsack. Auf dem Rücken trug er einen Rucksack, in dem sich eine Zahnbürste befand, ein Kamm, ein sauberes Hemd, eine kleine Axt, ein Taschenkompass, sein Notizbuch, ein Stift und etwas zu essen. In seinem Gürtel steckte ein Jagdmesser. Sam war inzwischen vierzehn und groß für sein Alter. Es war das erste Mal, dass er in einen so großen Zoo kam. Er und Louis waren überglücklich, einander wieder zu sehen.

Louis stellte Sam Serena vor. Dann öffnete er seinen Geldbeutel und zeigte Sam seine Einkünfte: Hundertdollarscheine, Fünfzigdollarscheine, Zwanzigdollarscheine, Zehndollarscheine, Fünfdollarscheine, Eindollarscheine und ein paar Silbermünzen – insgesamt ein ordentlicher Stapel.

»Gütiger Himmel!«, dachte Sam. »Ich hoffe, sie heiratet ihn nicht wegen seines Geldes.«

Louis nahm seine Tafel und schrieb von seinem Kampf mit den Zoowärtern und dass der Leiter Serena in Gefangenschaft behalten wollte, indem er ihr einen Flügel beschnitt. Louis erklärte Sam, es würde sein Leben ruinieren, wenn Serena nicht mehr fliegen könnte. Sobald die Schulden seines Vaters beglichen seien und ihm die Trompete ehrlich gehöre, hätten er und Serena die Absicht, die Zivilisation zu verlassen und in die Wildnis zurückzukehren. »Der Himmel«, schrieb er auf die Tafel, »ist mein Wohnzimmer. Die Wälder sind meine Flure. Der abgelegene See ist mein Bad. Ich kann nicht mein ganzes Leben hinter einem Zaun verbringen. Auch Serena nicht – sie ist nicht dafür geschaffen. Auf irgendeine Weise müssen wir den Leiter also dazu überreden, Serena gehen zu lassen.«

Sam streckte sich am Ufer des Vogelsees aus, verschränkte die Hände unter seinem Kopf und schaute in den großen, weiten Himmel hinauf. Kleine, weiße Wölkchen zogen langsam vorbei. Sam dachte lange nach. Währenddessen schwammen Enten und Gänse langsam an ihm vorbei, hin und her, ein endloser Zug von Zoovögeln. Sie wirkten glücklich und wohlauf. Amor, Felix und Beata – die drei Trompeterschwäne – schwammen ebenfalls heran und beäugten den fremden Jungen, der da auf der Erde lag. Endlich setzte Sam sich auf.

»Hör zu, Louis«, sagte er. »Ich habe eine Idee. Du und Serena, ihr wollt doch jedes Jahr eine Familie gründen, oder?«

»Klar«, antwortete Louis auf seiner Tafel.

»Gut«, sagte Sam. »In jeder Schwanenkinderbrut gibt es immer eines, das besondere Fürsorge und besonderen Schutz benötigt. Der Vogelsee wäre der vollkommene Ort für solch ein Schwanenkind, das zusätzliche Geborgenheit braucht. Dies ist ein wunderschöner See, Louis. Und es ist ein großartiger Zoo. Wenn ich den Leiter dazu überreden könnte, Serena ihre Freiheit zu lassen, wärst du dann bereit, hin und wieder eines deiner Schwanenkinder dem Vogelsee zu schenken? Wenn du damit einverstanden bist, gehe ich gleich hinein und spreche mit dem Leiter.«

Jetzt war Louis an der Reihe, lange nachzudenken. Nach fünf Minuten nahm er seine Tafel.

»Gut«, schrieb er. »Abgemacht.«

Dann griff er nach seiner Trompete. »Im Frühling, wenn die Blumen blühn«, spielte er, »denk ich an die Liebste fein …«

Die Wasservögel hörten auf zu paddeln und lauschten gebannt. Die Wärter hielten mitten in ihrer Arbeit inne und lauschten. Sam lauschte. Der Leiter in seinem Büro im Vogelhaus legte seinen Stift nieder, lehnte sich zurück und lauschte. Der Klang von Louis' Trompete erfüllte die Luft, und die ganze Welt schien ein besserer, hellerer, wilderer, freierer, glücklicherer und verträumterer Ort zu sein.

»Das ist eine schöne Melodie«, sagte Sam. »Was ist das?«

»Ach, nur eine kleine Eigenkomposition«, schrieb Louis auf seine Tafel.

19. Kapitel

Ein Gespräch über Geld

Im Leben beinahe jedes Menschen gibt es ein Ereignis, das sein ganzes Leben einschneidend verändert. Der Tag, an dem Sam Beaver in den Philadelphia-Zoo kam, war der Wendepunkt in seinem Leben. Bis zu diesem Tag hatte er sich nicht entscheiden können, was er werden sollte, wenn er einmal groß war. Doch in derselben Minute, in der er den Zoo sah, war jeder Zweifel wie weggeblasen, und er wusste, dass er in einem Zoo arbeiten wollte. Sam liebte Tiere, und ein Zoo ist eine großartige Fundgrube von Tieren – dort gibt es fast jedes Lebewesen, das auf der Erde kreucht oder fleucht, springt oder rennt, fliegt oder im Verborgenen lebt.

Sam war begierig darauf, alle Tiere sehen zu können. Doch zuerst musste er noch Louis' Problem lösen. Er musste Serena vor der Gefangenschaft retten. Und so nahm er Rucksack und Schlafsack, ging ins Vogelhaus und trat in das Büro. Er lief gerade und aufrecht, als ginge er auf einem Waldweg. Dem Leiter gefiel Sams Erscheinung, und er bemerkte, dass er ein wenig wie ein Indianer aussah.

»Sie sind also Sam Beaver«, sagte der Leiter, als Sam auf ihn zutrat. »Was führt Sie zu mir?«

»Ich will die Freiheit verteidigen«, antwortete Sam. »Ich hörte, dass Sie vorhaben, einem Schwan den Flügel zu beschneiden. Ich bin hier, um Sie darum zu bitten, das nicht zu tun.«

Sam setzte sich, und sie sprachen eine volle Stunde miteinander. Sam versicherte dem Leiter, dass Louis ein alter Freund von ihm sei. Er erzählte ihm, wie er vor fast drei Jahren das Schwanennest in Kanada entdeckt hatte, wie Louis ohne Stimme auf die Welt gekommen war, wie Louis in Montana zur Schule gegangen war und lesen und schreiben gelernt hatte, wie Louis' Vater, der alte Schwan, die Trompete gestohlen hatte, und er erzählte vom Lager Kookooskoos und dem Schwanenboot in Boston.

Der Leiter hörte aufmerksam zu, aber er wusste nicht recht, ob er auch nur ein Wort dieser merkwürdigen Geschichte glauben sollte.

Schließlich brachte Sam nochmals seine Bitte vor, Serena in Freiheit ziehen zu lassen, statt einen Zoovogel aus ihr zu machen. Er erklärte dem Leiter, dass das auch für den Zoo von Vorteil sei, denn Louis würde ihnen jederzeit eines seiner Schwanenkinder schenken. Der Leiter war fasziniert.

»Wollen Sie etwa damit sagen, dass Sie den langen Weg nach Philadelphia gemacht haben, nur um einem Vogel zu helfen?«

»Ja, Sir«, antwortete Sam. »Ich würde überallhin gehen, um einem Vogel zu helfen. Außerdem ist Louis nicht irgendein Vogel für mich. Er ist ein alter Freund von mir. Wir sind schon auf dieselbe Schule gegangen. Und Sie müssen zugeben, dass er wirklich ein besonderer Vogel ist.«

»Ja, das ist er«, sagte der Leiter. »Seine Sonntagskonzerte sind die größte Attraktion, die wir jemals hatten. Es gab nur einmal einen Gorilla namens Bamboo – er ist inzwischen leider tot. Bamboo zog die Menschen scharenweise an, aber Louis übertrifft Bamboo noch bei weitem. Auch unsere Seelöwen sind sehr beliebt, aber nichts lässt sich mit Louis vergleichen, wenn er sonntags Trompete spielt. Die Leute sind begeistert. Und die Musik tut auch den Tieren gut – sie beruhigt sie, und sie können ein wenig die Sorgen des Tages vergessen. Ich werde Louis sehr vermissen, wenn er uns verlässt. Der ganze Zoo wird ihn schrecklich vermissen. Ich wünschte, er würde mit seiner Braut hier bleiben – das wäre einfach großartig.«

»Louis würde in Gefangenschaft eingehen. Er würde sterben«, erwiderte Sam. »Er braucht die Wildnis – kleine Teiche, Sümpfe, Rotschulterstärlinge im Frühling, Froschchöre, der Ruf des Seetauchers am Abend. Louis folgt einem Traum. Wir alle haben unsere Träume und müssen ihnen folgen. Bitte lassen Sie Serena gehen, Sir! Bitte beschneiden Sie ihr den Flügel nicht!«

Der Leiter schloss die Augen. Er dachte an kleine Waldseen, an die Farbe von Rohrkolben, an die Geräusche der Nacht und an Froschchöre. Er dachte an Schwanennester, an Eier, an das Schlüpfen der Küken und an die jungen Schwäne, die in einer Reihe hinter ihrem Vater herliefen. Und er dachte an die Träume, die er als junger Mann gehabt hatte.

»Na schön«, sagt er unvermittelt. »Serena kann gehen. Wir werden ihr nicht den Flügel beschneiden. Aber wie kann ich sichergehen, dass mir Louis auch wirklich einen jungen Trompeterschwan bringen wird, wenn ich einen brauche? Woher weiß ich, dass ich ihm vertrauen kann?«

»Er ist ein ehrenhafter Vogel«, sagte Sam. »Wenn er nicht vertrauenswürdig wäre und nicht zu seinem Wort stünde, hätte er es nicht auf sich genommen, in die Welt hinauszugehen und Geld zu verdienen, um dem Ladenbesitzer das Geld für die Trompete, die sein Vater gestohlen hat, zurückzuzahlen.«

»Wie viel Geld hat Louis denn eigentlich eingenommen?« fragte der Leiter.

»Er hat jetzt viertausendsechshunderteinundneunzig Dollar und fünfundsechzig Cents«, sagte Sam. »Wir haben es gerade vor ein paar Minuten gezählt. Einhundert Dollar hat er im Lager Kookooskoos dafür verdient, dass er Hornsignale spielte, und er gab dort nur sechzig Cents für Briefmarken aus. In Boston traf er demnach mit neunundneunzig Dollar und vierzig Cents ein. Der Bootsmann zahlte ihm einhundert Dollar für eine Woche, aber Louis gab drei Dollar Trinkgeld im Hotel aus, wo er eine Nacht verbrachte. So hatte er also noch hundertsechsundneunzig Dollar und vierzig Cents, als er in Philadelphia ankam. Im Nachtclub verdiente Louis pro Woche fünfhundert Dollar, und er arbeitete dort zehn Wochen lang. Das ergibt insgesamt fünftausend Dollar. Aber er musste seinem Agenten zehn Prozent von den fünftausend Dollar zahlen, und er gab fünfundsiebzig Cents für neue Kreide und vier Dollar für das Telegramm an mich aus. Es bleiben also noch insgesamt viertausendsechshunderteinundneunzig Dollar und fünfundsechzig Cents. Das ist viel Geld für einen Vogel.«

»Das stimmt«, sagte der Leiter. »Das stimmt allerdings.«

»Und jetzt will er noch mein Flugticket von Montana nach Philadelphia und zurück bezahlen. Das verringert die Summe auf viertausendvierhundertzwanzig Dollar und achtundsiebzig Cents.«

Den Leiter verblüfften diese Zahlen.

»Das ist aber *immer* noch eine Menge Geld für einen Vogel«, sagte er. »Was wird er denn mit dem ganzen Geld anfangen?«

»Er wird es seinem Vater geben.«

»Und was wird *der* dann damit tun?«

»Er wird zum Musikgeschäft in Billings fliegen und es dem Besitzer geben, um so die gestohlene Trompete zu bezahlen.«

»Das *ganze* Geld?«

»Ja.«

»Aber eine Trompete ist nicht viertausendvierhundertzwanzig Dollar und achtundsiebzig Cents wert.«

»Ich weiß«, sagte Sam. »Aber der Laden wurde beschädigt. Der alte Schwan flog wie ein Kugelblitz durch die Schaufensterscheibe und demolierte sie. Er verursachte ein ganz schönes Durcheinander.«

»Na gut«, sagte der Leiter. »Aber auch dann ist nicht das ganze Geld nötig, um den Schaden wieder gutzumachen.«

»Ich schätze, nein«, sagte Sam. »Aber Louis hat keine andere Verwendung für das Geld, deshalb wird er alles dem Ladenbesitzer geben.«

Das Thema Geld schien den Leiter sehr zu interessieren. Er dachte daran, wie angenehm es doch wäre, keine Verwendung mehr für Geld zu haben. Er lehnte sich in seinem Stuhl zurück. Er konnte es kaum glauben, dass einer seiner Schwäne im Stande gewesen war, mehr als viertausend Dollar zu verdienen, und dass das Geld in einem Geldbeutel um seinen Hals baumelte.

»Was Geld angeht«, sagte er, »haben Vögel es leichter als wir Menschen. Wenn ein Vogel Geld verdient, ist fast alles reiner Gewinn. Ein Vogel muss nicht in den Supermarkt gehen und ein dutzend Eier kaufen und ein halbes Pfund Butter und zwei Rollen Küchentücher und ein Tiefkühlessen und Tomatensaft und anderthalb Pfund Hackfleisch und eine Dose in Scheiben geschnittener Pfirsiche und einen Liter fettarme Milch und ein Glas gefüllte Oliven. Ein Vogel muss keine Miete für ein Haus oder Zinsen für eine Hypothek bezahlen. Ein Vogel muss auch keine Prämien für eine Versicherung bezahlen. Ein Vogel besitzt kein Auto, kauft kein Benzin oder Öl und fährt den Wagen auch nicht zur Autowaschanlage und muss dann dafür zahlen, dass er gewaschen wird. Tiere und Vögel haben es gut. Sie müssen nicht laufend irgendwelche Dinge anhäufen, so wie die Menschen das tun. Man kann einem Affen beibringen, Motorrad zu fahren, aber ich habe noch nie einen Affen gesehen, der ein Motorrad *kauft*.«

»Das ist richtig«, entgegnete Sam. »Aber einige Tiere sammeln gern bestimmte Dinge, auch wenn sie nicht für sie bezahlen.«

»Welches Tier zum Beispiel?«, fragte der Leiter.

»Ratten«, sagte Sam. »Ratten bauen sich ein Heim und schleppen dann allen möglichen Kleinkram mit nach Hause – Glitzerkram und solche Dinge. Alles, was sie finden und was ihnen in die Augen sticht.«

»Sie haben Recht«, sagte der Leiter. »Sie haben vollkommen recht, Sam. Sie scheinen eine Menge über Tiere zu wissen.«

»Ich mag Tiere«, sagte Sam. »Und ich liebe es, sie zu beobachten.«

»Dann kommen Sie! Wir gehen zusammen durch den Zoo«, sagte der Leiter und stand von seinem Stuhl auf. »Ich habe keine Lust mehr, heute noch zu arbeiten. Ich zeige Ihnen den Zoo.« Und sie gingen zusammen hinaus.

In dieser Nacht durfte Sam mit einer Sondererlaubnis im Büro des Leiters schlafen. Er rollte seinen Schlafsack auf dem Fußboden aus und kroch hinein. Am nächsten Morgen würde er zurückfliegen. Sam war noch ganz erfüllt von dem, was er im Zoo alles gesehen hatte. Bevor er das Licht ausdrehte, holte er seinen Notizblock aus dem Rucksack und schrieb ein Gedicht. Und dies ist sein Gedicht:

SAM BEAVERS GEDICHT

Von allen Orten unter dem Himmelszelt,
Philadelphias Zoo ist mir der liebste der Welt.
Da gibt's viel zu essen und viel zu begucken,
Fregattvögel, Schlangen und Lamas, die spucken.
Sei's Spitzmaus, sei's Faultier, sei's Gnu oder Biber,
ich liebe die Tiere und keins mag ich lieber.
Der Eisbär, der kam von antarktischen Meeren,
der musste zum Zoo erst die Welt halb durchqueren.
Ja, im Zoo siehst du Tiere, die kaum sonst bekannt –
als Beispiel sei hier nur der Vielfraß genannt.
Das Kängurubaby versteckt sich im Beutel,

die Kakadus haben ganz farbige Scheitel.
Es tummeln sich heiter die Vögel am See,
und Löwen, die siehst du hier ganz aus der Näh!
Vor manchen der Tiere stehn Menschen und gaffen,
seien's Kolibris, Seehunde oder die Affen.
Du kannst auch auf einem der Ponys hier reiten
und zusehn, wie Raubvögel durch die Lüfte gleiten.
Es gibt Füchse und Luchse und Falken und Eulen,
und manchmal, da hört man gar Wölfe laut heulen.
Es gibt kleine Teiche und schöne Gehege,
wo Reptilien sich sonnen, und Tiger sind träge.
Die Häuser sind sauber, die Tiere sind froh,
und der Pavian hat einen ganz roten Po.
Ein richtiger Zoo will nur eines bezwecken:
die Liebe zu Tieren will er in dir wecken.

Sam Beaver

Sam legte das Gedicht auf den Schreibtisch des Leiters.

Am frühen Morgen – lange bevor die Zoowärter zur Arbeit erschienen – verließ Sam Philadelphia mit dem Flugzeug. Louis und Serena begleiteten ihn zum Flughafen. Sie wollten ihm zum Abschied winken. Außerdem hatten sie vor, von dort gleich selbst nach Montana loszufliegen. Als die Flughafenaufsichtsbeamten die zwei großen weißen Vögel draußen auf der Rollbahn sahen, machten sie einen furchtbaren Wirbel. Der Mann im Kontrollturm sandte Warnungen an die Piloten der ankommenden Flugzeuge. Mitglieder des Bodenpersonals stürzten aus den Gebäuden und versuchten, Louis und Serena zu verscheuchen. Sam, der schon am Fenster in seinem Flugzeug saß, das bereit zum Start war, konnte das Ganze von dort aus gut sehen.

Louis griff nach seiner Trompete.

»Off we go«, spielte er, »into the wild blue yonder!« – Und wir ziehen in die weite, blaue Ferne! Die Noten schallten quer über den Flugplatz und schreckten alle und jeden auf. »Ko-hoh! Ko-hoh!«, rief Louis durch seine Trompete. Dann ließ er die Trompete wieder auf seine Brust sinken und lief mit Serena auf seinen Fersen die Startbahn entlang. Im selben Moment startete auch Sams Flugzeug. Es fuhr ebenfalls in den Wind hinein. Die zwei Schwäne flogen neben dem Flugzeug her. Sie hatten noch vor dem Flugzeug abgehoben und waren sehr schnell. Sam winkte ihnen vom Fenster aus zu. Louis' Lebensrettungsmedaille glitzerte in der Morgensonne. Das Flugzeug hob ab und begann zu steigen. Auch Louis und Serena stiegen immer höher.

»Auf Wiedersehen, Philadelphia!«, dachte Louis. »Auf Wiedersehen, Vogelsee! Auf Wiedersehen, Nachtclub!«

Das Flugzeug holte allmählich auf. Die Schwäne fielen hinter ihm zurück. Eine kurze Zeit flogen sie noch hinter dem Flugzeug her, in Richtung Westen. Dann gab Louis Serena zu verstehen, dass sie den Kurs ändern würden. Er legte sich nach links in die Kurve und schwenkte nach Süden.

»Wir werden die südliche Route nehmen und uns viel Zeit lassen«, dachte er bei sich.

Und das taten sie dann auch. Sie überquerten mehrere amerikanische Bundesstaaten und bewunderten gewaltige Eichen, von deren Ästen Moos herabhing. Sie besuchten große Sümpfe, sahen die Alligatoren dort und lauschten dem Gesang der Spottdrosseln. Sie verbrachten ein paar Tage an einem sumpfigen Flussarm, wo Tauben in den Zedern gurrten und kleine Eidechsen in der Sonne krabbelten. Schließlich wandten sie sich westwärts und machten dann einen Schwenk nach Norden auf ihre Heimat zu, dem östlichen Red Rock Lake.

Was für eine triumphale Rückkehr das werden würde! Als Louis aus Montana weggegangen war, hatte er nicht einen Penny besessen. Jetzt war er reich. Damals war er noch unbekannt gewesen. Jetzt war er berühmt. Damals war er allein auf der Welt gewesen. Jetzt hatte er eine Braut an seiner Seite – die Schwanenfrau, die er liebte. Um seinen Hals hing eine Medaille, seine kostbare Trompete baumelte im Windzug, und im Beutel steckte sein schwer verdientes Geld. Er hatte erreicht, wozu er damals aufgebrochen war. Und das alles in nur wenigen Monaten!

Es war ein so wunderbares Gefühl, frei zu sein! Und es war ein so schönes Gefühl, verliebt zu sein!

20. Kapitel

Billings

An einem klaren und strahlenden Tag im Januar kehrten Louis und Serena heim zu den Red Rock Lakes. Unter den tausenden von Wasservögeln fanden sie schnell ihre eigenen Familien – ihre Väter und Mütter, Brüder und Schwestern. Es wurde eine laute und fröhliche Heimkehr. Alle wollten sie gleichzeitig begrüßen. »Ko-hoh, ko-hoh, ko-hoh!« Endlich waren die Wanderer heimgekehrt!

Louis' Vater, der alte Schwan, hielt eine Rede, die lang war, aber aufrichtig.

Louis spielte auf seiner Trompete »There's no Place like home. Home, sweet home!« – Es ist doch nirgends schöner als zu Hause. Heimat, süße Heimat! Unter den Wasservögeln wurde viel darüber geklatscht und getratscht, wie Louis Serena schließlich doch noch herumgekriegt hatte, seine Frau zu werden. Alle gratulierten dem glücklichen Paar. Und Louis' und Serenas Geschwister umringten Louis und bewunderten seinen Besitz. Es beeindruckte sie zutiefst, dass er so viele weltliche Güter besaß. Ihnen gefiel die Lebensrettungsmedaille, sie liebten den Klang seiner Trompete, und sie waren ganz begierig darauf, einen Blick auf das Geld im Geldbeutel werfen zu dürfen. Doch Louis wollte den Beutel nicht öffnen. Stattdessen nahm er seinen Vater und seine Mutter beiseite, und sie traten alle drei an Land. Dort überreichte Louis dem alten Schwan den Geldbeutel mit einer Verbeugung. Viertausendvierhundertzwanzig Dollar und achtundsiebzig Cents.

Dann schrieb Louis eine kurze Mitteilung an den Ladenbesitzer in Billings auf seine Tafel, damit sein Vater sie ihm zeigen konnte. Die Mitteilung lautete:

> An den Ladenbesitzer von Billings:
> Anbei finden Sie 4420,78 Dollar. Das Geld ist für die Trompete und den verursachten Schaden.
> Entschuldigen Sie bitte die Unannehmlichkeiten, die wir Ihnen bereitet haben.

Der alte Schwan konnte zwar weder Geld zählen noch lesen, doch er nahm den Geldbeutel und die Tafel entgegen und hängte sie sich um den Hals. Er war äußerst zuversichtlich, dass er jetzt die Schulden für die gestohlene Trompete bezahlen konnte.

»Ich werde mich sogleich auf den Weg machen«, verkündete er seiner Frau, »und meine Ehre wiedererlangen. Ich werde an den Schauplatz meines Verbrechens zurückkehren, nach Billings – einer großen Stadt, die voller Leben brodelt –«

»Das hast du schon mal gesagt«, bemerkte seine Frau. »Am besten nimmst du jetzt das Geld und die Mitteilung und machst dich, so schnell du kannst, auf die Socken. Aber sei um Gottes willen vorsichtig! Der Ladenbesitzer hat schließlich ein Gewehr. Er wird sich noch daran erinnern, dass er ausgeraubt wurde, als das letzte Mal ein Schwan auf ihn zuflog. Also sieh dich vor! Du bist auf gefährlicher Mission!«

»Gefahr!«, rief der alte Schwan. »O du Gefahr! Ich heiße Gefahr und Abenteuer *willkommen*. Gefahr ist mein zweiter Name. Ich würde mein Leben aufs Spiel setzen, um meine Ehre wiederzuerlangen. Ich werde meine Schulden begleichen und meinen guten Namen, der beschmutzt wurde, reinigen. Ich werde mich für immer von der Schande des Diebstahls und des Unrechts befreien. Ich werde –«

»Wenn du nicht bald aufhörst zu reden«, sagte seine Frau, »kommst du nicht mehr rechtzeitig vor Ladenschluss nach Billings.«

»Du hast wie immer Recht«, entgegnete der Schwan. Er rückte den Geldbeutel und die Tafel für den Flug zurecht und flog los. Er flog schnell und in großer Höhe nach Nordwesten. Seine Frau und sein Sohn sahen ihm nach, bis er aus ihrem Blickfeld verschwunden war.

»Was für ein Schwan!«, sagte seine Frau. »Du hast wirklich einen guten Vater, Louis. Ich hoffe, dass ihm nichts zustoßen wird. Um dir die Wahrheit zu sagen, ich mache mir Sorgen.«

Der alte Schwan kam zügig voran. Als er die Kirchen, Fabriken, Läden und Häuser von Billings erspähte, kreiste er einmal in der Luft, dann setzte er langsam zur Landung an – geradewegs auf das Musikgeschäft zu.

»Mein großer Augenblick ist gekommen«, sagte er zu sich. »Die Stunde der Wahrheit ist nah. Schon bald werde ich keine Schulden mehr haben, werde ich frei sein von Unehre und Schande, die viele Monate lang mein Leben beschatteten.«

Der Schwan war bereits von einigen Leuten gesichtet worden. Ein Verkäufer des Musikladens stand gerade am Schaufenster und blickte hinaus. Als er den großen, weißen Vogel sah, brüllte er dem Ladeninhaber zu: »Ein großer Vogel kommt direkt auf uns zu! Holen Sie rasch Ihr Gewehr!«

Der Ladenbesitzer schnappte sich sein Gewehr und rannte auf den Bürgersteig hinaus. Der Schwan flog jetzt bereits sehr tief.

Der Ladenbesitzer hob sein Gewehr und feuerte in schneller Folge mehrere Schüsse ab. Der alte Schwan spürte einen stechenden Schmerz in seiner linken Schulter. Todesgedanken erfüllten ihn. Er wandte seinen Kopf und bemerkte einen hellen roten Blutstropfen auf seiner Brust. Trotzdem ließ er sich nicht beirren und flog weiter, geradewegs auf den Ladenbesitzer zu.

»Mein Ende naht«, sagte er zu sich. »Ich werde meine Pflicht tun und dann sterben. Mir bleiben nur noch wenige Minuten. Der Mann hat mir in seiner Torheit eine tödliche Wunde zugefügt. Das rote Blut rinnt stetig aus meinen Adern. Meine Kräfte schwinden. Doch selbst in meiner Todesstunde werde ich ihm das Geld für die Trompete übergeben. Auf Wiedersehen, Leben! Auf Wiedersehen, du schöne Welt! Lebt wohl, ihr kleinen Seen im Norden! Lebt wohl, ihr Frühlinge, die ich mit all ihrer Glut und Leidenschaft erleben durfte! Lebt wohl, meine getreue Gemahlin und meine geliebten Söhne und Töchter! Ich, Todgeweihter, grüße euch. Ich werde würdig sterben, wie es einem Schwan zukommt.«

Mit diesen Worten sank er auf den Bürgersteig nieder, hielt dem erstaunten Ladenbesitzer den Geldbeutel und die Tafel entgegen und wurde beim Anblick seines eigenen Blutes ohnmächtig. Schlaff lag er auf dem Boden; allem Anschein nach starb er.

Rasch bildete sich ein Menschenauflauf um ihn.

»Was soll das bedeuten?«, rief der Ladenbesitzer aufgeregt, der sich über den Vogel beugte. »Was geht hier vor?«

Hastig überflog er das Geschriebene auf der Tafel. Dann öffnete er den Geldbeutel und nahm die Scheine heraus.

Ein Polizist kam herangeeilt und begann, die Menge zurückzudrängen.

»Treten Sie zurück!«, rief er. »Dieser Schwan ist verletzt. Machen Sie bitte Platz!«

»Er ist tot«, sagte ein kleiner Junge. »Der Vogel ist tot.«

»Nein, er ist *nicht* tot«, sagte der Verkäufer. »Er hat nur einen Schock erlitten.«

»Ruft einen Notarzt!«, rief eine Dame aus der Menge.

Eine kleine Blutlache bildete sich unter dem Hals des alten Schwans. Er schien vollkommen leblos. Just in diesem Augenblick tauchte ein Wildhüter auf.

»Wer hat auf diesen Vogel geschossen?«, wollte er wissen.

»Ich«, sagte der Ladenbesitzer.

»Dann sind Sie hiermit verhaftet«, sagte der Wildhüter.

»Weswegen?«, fragte der Ladenbesitzer.

»Weil Sie auf einen Trompeterschwan geschossen haben. Diese Vögel sind gesetzlich geschützt. Sie dürfen nicht auf einen wilden Schwan schießen.«

»Nun«, sagte der Ladenbesitzer, »dann verhaften sie den Falschen. Ich kenne diesen Vogel nämlich. Er ist ein Dieb. *Ihn* sollten Sie festnehmen. Er war schon mal hier, und da hat er mir eine Trompete gestohlen.«

»Ruft einen Notarzt!«, rief die Dame.

»Was haben Sie denn da in Ihrer Hand?« fragte der

Polizist. Geschwind stopfte der Ladenbesitzer das Geld zurück in den Beutel und hielt den Beutel und die Tafel hinter seinem Rücken versteckt.

»Na kommen Sie schon, zeigen Sie her!«, sagte der Polizist.

»Ich würde es auch gern sehen«, sagte der Wildhüter.

»Wir *alle* möchten es sehen!«, rief ein Bursche aus der Menge. »Was ist denn in dem Beutel?«

Mit einfältigem Gesichtsausdruck übergab der Ladenbesitzer dem Wildhüter den Geldbeutel und die Tafel. Der Wildhüter setzte seine Brille auf, stellte sich gerade hin und verlas mit lauter Stimme die Mitteilung: »An den Ladenbesitzer von Billings: Anbei finden Sie viertausendvierhundertzwanzig Dollar und achtundsiebzig Cents. Das Geld ist für die Trompete und den verursachten Schaden. Entschuldigen Sie bitte die Unannehmlichkeiten, die wir Ihnen bereitet haben.«

Bei der Erwähnung der Summe schnappte die Menge staunend nach Luft. Alle begannen durcheinander zu reden.

»Ruft doch endlich einen Notarzt!«, rief die Dame.

»Ich muss das Geld leider beschlagnahmen und mit auf die Wache nehmen«, sagte der Polizist. »Dies ist ein äußerst verzwickter Fall. Alles, was mit Geld zu tun hat, ist immer sehr verwickelt. Ich werde das Geld an mich nehmen und es sicher verwahren, bis die Angelegenheit geklärt ist.«

»Nein, das werden Sie nicht!«, sagte der Wildhüter empört. »Das Geld gehört mir.«

»Warum?«, fragte der Polizist.

»Darum«, entgegnete der Wildhüter.

»Warum *darum*?«, fragte der Polizist.

»Weil der Vogel dem Gesetz nach unter meiner Aufsicht steht, und das Geld war bei dem Vogel. Deshalb werde *ich* das Geld so lange verwahren, bis die Angelegenheit geklärt ist.«

»O nein, das kommt nicht in Frage!«, sagte der Ladenbesitzer zornig. »Das Geld gehört mir. Das steht auch auf der Tafel. Die viertausendvierhundertzwanzig Dollar und achtundsiebzig Cents gehören mir. Die kann mir keiner wegnehmen!«

»Doch!«, sagte der Polizist. »*Ich* schon.«

»Nein, *ich*«, sagte der Wildhüter.

»Ist zufällig ein Jurist in der Menge?«, fragte der Ladenbesitzer. »Dann können wir die ganze Angelegenheit gleich an Ort und Stelle klären.«

Ein hoch gewachsener Mann trat vor.

»Ich bin Richter Ricketts«, sagte er. »Ich werde über diesen Fall urteilen. Also, wer hat gesehen, wie der Vogel ankam?«

»Ich«, sagte der Verkäufer.

»So ruft doch endlich jemand einen Notarzt!«, rief die Dame.

»Ich habe ihn auch gesehen«, sagte ein kleiner Junge namens Alfred Gore.

»Gut«, sagte der Richter. »Dann schildern Sie uns

bitte, was geschehen ist, und zwar so genau wie möglich.«

Der Verkäufer sprach als Erster. »Also«, sagte er, »ich sah gerade aus dem Fenster, als ich plötzlich bemerkte, wie der Schwan auf uns zukam. Ich schrie etwas, um alle zu warnen. Der Chef holte sein Gewehr und feuerte, und der Vogel fiel auf den Gehsteig. Ich sah ein oder zwei Blutstropfen.«

»Ist Ihnen irgendetwas Besonderes an dem Vogel aufgefallen?«, fragte Richter Ricketts.

»Er hatte Geld bei sich«, antwortete der Verkäufer. »Man sieht schließlich nicht alle Tage einen Vogel mit Geld, deshalb ist es mir auch sofort aufgefallen.«

»Schön«, sagte der Richter. »Und jetzt wird uns Alfred Gore erzählen, was er gesehen hat. Beschreib uns bitte, was du gesehen hast, Alfred!«

»Also, ich hatte ziemlich großen Durst«, sagte der kleine Junge, »und deshalb wollte ich mir in einem Süßwarenladen was zum Trinken kaufen.«

»Erzähl uns bitte nur, was du gesehen hast, Alfred«, sagte der Richter. »Es ist unerheblich, ob du durstig warst oder nicht.«

»Ich ging also so die Straße herunter«, fuhr Alfred fort, »weil ich großen Durst hatte. Ich war auf dem Weg zu einem Süßwarenladen, um mir was zu trinken zu kaufen, und da sah ich plötzlich hoch oben in der Luft einen großen, weißen Vogel. Er war direkt über mir, und er flog *so* hinab.« Alfred streckte seine Arme aus und ahmte einen Vogel nach. »Als ich den Vogel da so sah, vergaß ich meinen Durst vollkommen, und kurz darauf lag dieser riesige Vogel – er ist wirklich riesig – auf dem Bürgersteig, und überall war Blut. Das habe ich gesehen.«

»Ist dir irgendetwas Besonderes an dem Vogel aufgefallen?«, fragte Richter Ricketts.

»Blut«, sagte Alfred.

»Noch etwas?«

»Nein, nur Blut.«

»Hast du einen Schuss gehört?«

»Nein, nur Blut«, sagte Alfred.

»Danke!«, sagte der Richter. »Das ist alles.«

Genau in diesem Moment begann eine Sirene zu heulen – tatü tata, tatü tata. Ein Krankenwagen kam mit quietschenden Reifen die Straße entlang. Vor der Menge machte er Halt. Zwei Männer sprangen heraus. Sie trugen eine Trage und legten sie neben den Schwan auf den Boden. Der alte Schwan hob seinen Kopf und blickte um sich. »Ich war bereits an der

Schwelle zum Tod«, dachte er, »aber jetzt kehre ich wohl zu den Lebenden zurück. Ich erwache wieder zum Leben. Ich werde leben! Ich werde mich auf starken Schwingen in die Lüfte erheben! Ich werde wieder auf den Teichen der Erde dahingleiten, den Fröschen lauschen, mich an den Geräuschen der Nacht ergötzen und mich auf den Tagesanbruch freuen.«

Während er noch diesen angenehmen Gedanken nachhing, fühlte er, wie er hochgehoben wurde. Die Sanitäter hängten ihm die Tafel um den Hals, legten ihn behutsam auf die Trage und trugen ihn zum Krankenwagen. Das Blinklicht auf dem Autodach flackerte unablässig. Einer der beiden Sanitäter zog dem alten Schwan eine Sauerstoffmaske über den Kopf und führte ihm Sauerstoff zu. Dann fuhren sie unter großem Sirenengeheul zum Krankenhaus. Dort legte man ihn ins Bett und gab ihm eine Spritze. Ein junger Arzt schaute ins Zimmer herein und untersuchte die Stelle, an der die Schrotkugel den Schwan getroffen hatte. Der Arzt sagte, die Wunde sei superfiziell. Der alte Schwan wusste nicht, was »superfiziell« bedeutete, aber es klang sehr ernst.

Viele Krankenschwestern standen um ihn herum. Eine von ihnen überprüfte seinen Blutdruck und notierte etwas auf einer Tabelle. Der alte Schwan begann sich allmählich wieder besser zu fühlen. Es war angenehm, im Bett zu liegen und sich von Krankenschwestern umsorgen zu lassen – von denen eine auch noch sehr hübsch war. Der Arzt wusch die Wunde aus und klebte ein Pflaster darauf.

In der Zwischenzeit verkündete der Richter auf dem Gehsteig vor dem Musikgeschäft sein Urteil.

»Auf Grund der Zeugenaussagen«, erklärte er feierlich, »spreche ich das Geld hiermit dem Ladenbesitzer zu. Es ist für den Verlust seiner Trompete und den Schaden, der seinem Geschäft zugefügt wurde, bestimmt. Den Schwan übergebe ich der Obhut des Wildhüters.«

»Euer Ehren«, sagte der Wildhüter, »vergessen Sie bitte nicht, dass der Ladenbesitzer unter Arrest steht, weil er auf einen Schwan geschossen hat.«

»Das war ein Fall von falscher Festnahme«, erklärte der Richter weise. »Der Ladenbesitzer hat auf den Vogel nur geschossen, weil er befürchtete, dieser würde seinen Laden noch einmal überfallen. Er konnte ja nicht ahnen, dass der Schwan diesmal Geld bringen würde, um die Trompete zu bezahlen. Der Schuss wurde also in Notwehr abgegeben. Alle Beteiligten sind unschuldig, der Schwan ist ein ehrlicher Schwan, die Schulden sind beglichen, der Ladenbesitzer ist vermögend, und der Fall ist damit abgeschlossen.«

Die Menge jubelte. Nur der Wildhüter war beleidigt, und der Polizist blickte mürrisch drein. Doch der Ladenbesitzer strahlte. Er war glücklich. Er hatte das Gefühl, gerecht behandelt worden zu sein.

»Ich möchte allen etwas mitteilen«, sagte er. »Ich

werde nur so viel von dem Geld behalten, wie für die Trompete und die Reparatur an meinem Laden nötig ist. Den Rest werde ich einer guten Sache spenden, wenn mir nur etwas Passendes einfiele. Hat jemand eine Idee, welchem guten Zweck man das Geld zukommen lassen könnte?«

»Der Heilsarmee«, schlug eine Frau vor.

»Nein«, sagte der Ladenbesitzer.

»Den Pfadfindern?«, schlug ein Junge vor.

»Nein«, sagte der Ladenbesitzer.

»Dem Roten Kreuz?«, schlug ein Mann vor.

»Nein«, sagte der Ladenbesitzer. »Schade, keinem fällt etwas Passendes ein.«

»Was ist mit dem Bund für Vogelschutz?«, fragte ein kleiner Mann mit einer Hakennase, die wie ein Vogelschnabel geformt war.

»Glänzend! Das ist es!«, rief der Ladenbesitzer aus. »Ein Vogel hat mir Gutes getan, und nun will ich Gutes für Vögel tun. Der Bund für Vogelschutz kümmert sich um Vögel. Ich möchte, dass dieses Geld dazu verwendet wird, Vögeln zu helfen. Es gibt Vögel, die in großer Not sind. Sie sind vom Aussterben bedroht.«

»Was heißt das?«, fragte Alfred Gore.

»Wenn du ausstirbst«, sagte der Ladenbesitzer, »heißt das, dass es dich nicht mehr gibt, weil es keinen mehr von deiner Art gibt. Wie die Wandertaube oder das Heidehuhn oder der Dinosaurier.«

»Der Trompetenschwan war schon *fast* ausgestorben«, sagte der Wildhüter. »Die Leute wollten einfach nicht aufhören, auf ihn Jagd zu machen, wie dieser wahnsinnige Ladenbesitzer gerade eben. Aber jetzt kehrt er zurück.«

Der Ladenbesitzer funkelte den Wildhüter böse an.

»Es kann wohl niemand besser beurteilen als ich, dass er zurückkehrt«, sagte er. »Der Schwan, den Sie eben hier sahen, *kehrte* nach Billings *zurück*, und zwar mit sage und schreibe viertausendvierhundertzwanzig Dollar und achtundsiebzig Cents in seiner Tasche, die er mir vermachte. Das nenne ich eine sehr gelungene Rückkehr! Ich wüsste allerdings gern, wie er überhaupt zu all dem Geld *kam*! Es ist schon eine ziemlich merkwürdige Sache.«

Mit diesen Worten kehrte der Ladenbesitzer in sein Musikgeschäft zurück, der Polizist begab sich wieder auf seine Wache, der Richter ging zum Gericht, der Wildhüter machte sich auf den Weg ins Krankenhaus, und Alfred Gore, der noch immer durstig war, setzte seinen Weg zum Süßwarenladen fort. Auch die übrige Menge zerstreute sich allmählich.

Der alte Schwan lag friedlich in seinem Bett im Krankenhaus und dachte an viele wunderschöne Dinge. Er war dankbar, noch am Leben zu sein, und erleichtert, keine Schulden mehr zu haben.

Draußen wurde es allmählich dunkel. Viele der Patienten im Krankenhaus schliefen bereits. Eine Krankenschwester kam ins Zimmer des Schwans und öffnete das Fenster.

Als sie ein paar Minuten später wiederkam, um seine Temperatur zu messen und ihm den Rücken einzureiben, war das Bett leer – und niemand mehr im Zimmer.

Der Schwan war durch das Fenster nach draußen gesprungen, hatte seine breiten Schwingen ausgebreitet und sich durch den kalten Nachthimmel auf den Weg nach Hause gemacht. Er flog die ganze Nacht hindurch, überquerte die Berge und traf kurz nach Tagesanbruch zu Hause ein, wo seine Frau bereits auf ihn wartete.

»Wie ist es dir ergangen?«, fragte sie.

»Sehr gut«, sagte er. »Es war ein recht eigenartiges Abenteuer. Es wurde tatsächlich auf mich geschossen, genau, wie du vorhergesagt hast. Der Ladenbesitzer hat mit dem Gewehr auf mich gezielt und geschossen. Ich fühlte einen qualvollen Schmerz in meiner linken Schulter – ausgerechnet in der, die ich schon immer für die schönere der beiden hielt. Blut schoss in Strömen aus meiner Wunde, und ich sank anmutig auf den Gehsteig nieder, wo ich trotzdem noch das Geld übergab und auf diese Weise meine Ehre wiedererlangte. Ich befand mich an der Schwelle zum Tod. Ich erlitt einen Schwächeanfall und verlor vor den ganzen Menschen würdevoll das Bewusstsein. Dann trafen Polizisten ein, und zwar zu dutzenden. Wildhüter strömten in großer Zahl an den Schauplatz, und es erhob sich eine erhitzte Debatte über das Geld.«

»Woher weißt du denn das alles, wo du doch bewusstlos warst?«, fragte seine Frau.

»Meine Liebe«, sagte der Schwan, »ich wünschte, du würdest mich nicht unterbrechen, während ich von meiner Reise erzähle. In Anbetracht meiner Besorgnis erregenden Verfassung rief jemand einen Krankenwagen, und ich wurde ins Krankenhaus gebracht, wo man mich ins Bett legte. Es war ein wunderbarer Anblick, wie ich dort lag. Mein schwarzer Schnabel hob sich reizvoll von den schneeweißen Bettüchern ab. Ärzte und Krankenschwestern umsorgten mich und linderten in der Stunde meiner Not meine Schmerzen und mein Leid. Vielleicht kannst du ermessen, wie ernst meine Wunde war, wenn ich dir sage, dass ein Arzt bei ihrer Untersuchung sagte, sie sei superfiziell.«

»Für mich sieht es aber gar nicht schlimm aus«, sagte seine Frau. »Ich glaube, du wurdest nur gestreift. Wenn es schlimm gewesen wäre, hättest du auch nicht so schnell zurückkommen können. Wie dem auch sei, superfiziell oder nicht, ich bin froh, dass du wohlbehalten wieder zu Hause angekommen bist. Du fehlst mir immer sehr, wenn du weg bist. Ich weiß nicht warum, aber es ist so.«

Und mit diesen Worten legte sie ihren Kopf auf seinen Hals und gab ihm einen leichten Klaps. Dann frühstückten sie zusammen und gingen anschließend an den zugefrorenen See, um in einem der offenen Wasserlöcher zu schwimmen. Der Schwan löste sein Pflaster und warf es weg.

21. Kapitel

Im Frühling, wenn die Blumen blühn

Louis und Serena waren verliebter denn je. Als es Frühling wurde, zogen sie nach Norden. Louis nahm seine Trompete, seine Tafel, seinen Kreidegriffel und seine Medaille mit; Serena reiste ohne Gepäck. Louis war sehr erleichtert gewesen, als er nicht mehr arbeiten und Geld verdienen musste. Nie wieder würde er einen Geldbeutel um seinen Hals tragen müssen.

Die zwei Schwäne flogen schnell und in großer Höhe – dreitausend Meter über der Erde. Endlich kamen sie an dem kleinen Weiher in der Wildnis an, wo Louis ausgebrütet worden war. Das war sein Traum gewesen: mit seiner Geliebten an den Ort zurückzukehren, wo er das Licht der Welt erblickt hatte. Er führte Serena vom einen Ufer des Weihers zum anderen und wieder zurück. Er zeigte ihr die winzige Insel, wo das Nest seiner Mutter gewesen war. Und er zeigte ihr auch den Baumstamm, auf dem Sam Beaver gesessen hatte, als Louis ihm die Schnürsenkel aufgebunden hatte, weil er nicht piepsen konnte. Serena war entzückt. Sie waren verliebt, und es war Frühling. Der Frosch erwachte aus seinem langen Winterschlaf. Auch die Schildkröte wachte auf. Das Erdhörnchen spürte die warme, milde und sanfte Luft, die durch die Bäume strich. Genau wie in jenem Frühling, als Louis' Eltern an den Weiher gekommen waren, um dort zu nisten und ihre Jungen großzuziehen.

Die Sonne schien kräftig und gleichmäßig vom Himmel herab. Das Eis taute; offene Wasserstellen bildeten sich auf dem Weiher. Louis und Serena spürten die Veränderung, und neue Lebenskraft, Freude und Hoffnung durchfluteten sie. Es lag ein neuer Geruch in der Luft, ein Geruch nach Erde, die aus langem Schlaf erwacht. Die Bäume schlugen aus, und die winzigen, grünen Knospen schwollen an. Eine bessere und leichtere Zeit brach an. Ein Stockentenpärchen flog an den Weiher. Auch ein Sperling mit weißer Kehle kam und sang: »Ach, wie schön ist's doch in Kanada, Kanada, Kanada!«

Serena wählte den Bau einer Bisamratte, um auf ihm ihr Nest zu errichten. Der Bau hatte die richtige Höhe über dem Wasser. Er war aus Schlamm und Stöcken gebaut. Louis hatte gehofft, seine Frau würde ihr Nest dorthin bauen, wo seine Mutter ihres gehabt hatte, aber weibliche Wesen sind nun einmal launisch; alles muss so sein, wie sie es wollen, und Serena hatte ihre Gründe. Louis freute sich so sehr, als er sah, wie sie mit dem Nestbau begann, dass es ihn nicht wirklich kümmerte, wo es nun genau hinkam. Er setzte seine Trompete an den Mund und spielte den Anfang eines alten Liedes: »It's delightful to be married, to be-be-be-be, be-be-be-be married...« – Es ist so herrlich, verheiratet zu sein. Dann half er Serena, indem er ihr Grashalme brachte.

Ob es nun regnete oder die Sonne schien, ob es warm war oder kalt, jeder Tag war ein glücklicher Tag für die beiden Schwäne. Zu gegebener Zeit legte Serena ihre Eier und brütete die jungen Schwäne aus – insgesamt vier. Und der erste Laut, den die Schwanenküken vernahmen, war der reine und kräftige Ton der Trompete ihres Vaters.

»Im Frühling, wenn die Blumen blühn«, spielte er, »denk ich an die Liebste fein...«

Das Leben an dem kleinen, abgelegenen Weiher in den Wäldern im Norden verlief heiter und angenehm. Von Zeit zu Zeit besuchte Sam Beaver die Schwäne, und sie verbrachten eine herrliche Zeit zusammen.

Niemals vergaß Louis jedoch seine alten Arbeitsstellen, seine alten Freunde oder das Versprechen, das er dem Leiter der Vogelabteilung im Zoo in Philadelphia gegeben hatte. Während der nächsten Jahre kehrten Serena und er jedes Frühjahr an den Weiher zurück, nisteten dort und zogen ihre Jungen auf. Und jedes Mal, wenn es auf das Ende des Sommers zuging, wenn die Mauser vorüber war, die Schwungfedern wieder wuchsen und die jungen Schwäne ihre Flügel ausprobieren konnten, nahm Louis seine Familie mit auf eine lange Vergnügungsreise quer durch Amerika. Zuerst brachte er sie zum Lager Kookooskoos, wo er Jim Appelberg das Leben gerettet hatte und wo ihm die Medaille verliehen worden war. Das Lager war zu der Zeit zwar immer geschlossen, aber Louis liebte es, dort herumzuschlendern, sich an die Jungen zu erinnern und daran, wie er seine ersten hundert Dollar als Hornist verdient hatte.

Anschließend flogen die Schwäne stets nach Boston, wo der Bootsmann ihnen ein großes Willkommen bereitete. Louis polierte seine Trompete, blies die Spucke heraus und führte wieder die Boote an. Dabei spielte er »Row, row, row your boat«, wie damals. Wenn die Einwohner Bostons den vertrauten Trompetenklang des Schwans vernahmen, kamen sie in Scharen in den Park. Dann spendierte der Bootsmann Louis und Serena eine Übernachtung im Hotel Ritz, während die jungen Schwäne die Nacht allein auf dem See verbrachten, vom Bootsmann bewacht. Serena liebte das Ritz sehr. Sie aß dutzende von Brunnenkressebroten, betrachtete sich ausgiebig im Spiegel und schwamm in der Badewanne. Und während Louis durch das Fenster auf den Park unter ihnen blickte, lief Serena im Zimmer herum und knipste zum Spaß die Lichter an und

wieder aus. Anschließend kletterten sie beide in die Badewanne und legten sich schlafen.

Von Boston führte Louis seine Familie zum Zoo in Philadelphia und zeigte ihnen den Vogelsee. Er wurde vom Leiter der Vogelabteilung herzlich begrüßt. Falls im Zoo gerade ein junger Trompeterschwan in der Sammlung der Wasservögel fehlte, stiftete Louis eines seiner Schwanenkinder, so wie er es versprochen hatte. In den späteren Jahren trafen sie in Philadelphia stets Sam Beaver. Als Sam gerade alt genug war, um zu arbeiten, nahm er eine Stelle beim Zoo an. Louis und er verlebten eine schöne Zeit, wenn sie zusammen waren. Louis nahm dann seine Tafel zur Hand, und sie unterhielten sich lange über die alten Zeiten.

Nach Philadelphia flog Louis mit seiner Frau und seinen Kindern gen Süden, damit sie die großartigen Savannen sahen, wo Alligatoren im Sumpfwasser dösten und Truthahngeier am Himmel kreisten. Danach kehrten sie wieder heim, um den Winter an den Red Rock Lakes in Montana zu verbringen, in dem zauberhaften und ruhigen Tal, wo sich alle Trompeterschwäne geschützt und sicher fühlen können.

Schwäne führen ein sehr schönes und interessantes Leben. Louis' Leben war natürlich besonders schön, da er Musiker war. Louis ging immer sehr gut mit seiner Trompete um. Er putzte sie regelmäßig und rieb sie stundenlang mit den Spitzen seiner Flügelfedern blank.

Solange er lebte, war er seinem Vater, dem tapferen Schwan, sehr dankbar. Sein Vater hatte schließlich sein Leben aufs Spiel gesetzt für die Trompete, die Louis so dringend brauchte. Jedes Mal, wenn Louis Serena anblickte, erinnerte er sich wieder daran, dass sie der Klang seiner Trompete dazu bewogen hatte, seine Gefährtin zu werden.

Schwäne leben meist sehr lange. Jahr für Jahr kehrten Louis und Serena im Frühling an denselben kleinen Weiher in Kanada zurück, um dort eine Familie zu gründen. Es waren stets sehr friedliche Tage. Zu Einbruch der Dunkelheit, wenn die jungen Schwäne allmählich schläfrig wurden, spielte Louis Lieder zum Zapfenstreich, wie er es vor langer Zeit im Zeltlager getan hatte. Die Töne breiteten sich schön und traurig über das ruhige Wasser aus und stiegen zum Himmel hinauf.

In einem Sommer, als Sam etwa zwanzig Jahre alt war, saßen sein Vater und er eines Abends in ihrer Hütte in Kanada. Es war nach dem Abendessen. Mr. Beaver schaukelte in einem Schaukelstuhl und ruhte sich nach einem Tag des Angelns aus. Sam las ein Buch.

»Daddy«, sagte Sam, »was heißt ›Insessoren‹?«

»Woher soll ich das wissen?«, entgegnete Mr. Beaver. »Ich habe das Wort noch nie gehört.«

»Es hat etwas mit Kaninchen zu tun«, sagte Sam. »Hier steht, dass Kaninchen Insessoren sind.«

»Wahrscheinlich bedeutet das scheu«, sagte Mr. Beaver. »Aber vielleicht heißt es auch, dass sie flitzen können wie die Teufel. Möglicherweise heißt es aber auch, dass sie dumm sind. Kaninchen können nachts mitten auf der Straße sitzen und in die Scheinwerfer starren, ohne wegzulaufen, und darum werden auch so viele von ihnen überfahren.«

»Ich glaube«, sagte Sam, »wir finden nur heraus, was ›Insessoren‹ bedeutet, wenn wir es im Lexikon nachschlagen.«

»Wir haben hier aber kein Lexikon«, sagte Mr. Beaver. »Du wirst wohl warten müssen, bis wir wieder auf der Farm sind.«

Genau in diesem Moment hob Louis am Weiher seine Trompete und spielte den Zapfenstreich, damit seine Kinder wussten, dass der Tag zu Ende ging. Der Wind stand günstig, und der Klang wurde quer über den Sumpf getragen.

Mr. Beaver hörte auf zu schaukeln.

»Das ist ja komisch!«, sagte er. »Ich dachte gerade, ich hätte jemanden Trompete spielen hören.«

»Ich wüsste nicht, wie«, erwiderte Sam. »Wir sind schließlich allein hier in den Wäldern.«

»Das weiß ich«, sagte Mr. Beaver. »Aber trotzdem hatte ich gerade das Gefühl, ich hätte eine Trompete gehört. Oder ein Waldhorn.«

Sam musste innerlich schmunzeln. Er hatte seinem Vater nie von den Schwänen erzählt. Er behielt das Geheimnis für sich. Und wenn er zum Weiher ging, dann immer allein. Das war ihm lieber so. Und den Schwänen auch.

»Was wurde eigentlich aus deinem Freund Louis?«,

fragte Mr. Beaver. »Louis war Trompeter. Es kann doch wohl nicht sein, dass *er* hier irgendwo in der Nähe ist, oder?«

»Doch, das ist schon möglich«, sagte Sam.

»Hast du in der letzten Zeit mal etwas von ihm gehört?«, fragte Mr. Beaver.

»Nein«, antwortete Sam. »Er schreibt nicht mehr. Ihm sind irgendwann die Briefmarken ausgegangen, und er hat jetzt kein Geld mehr, um sich neue zu kaufen.«

»Oh«, sagte Mr. Beaver. »Na ja, die ganze Geschichte mit dem Vogel war ohnehin sehr sonderbar – ich habe sie nie ganz verstanden.«

Sam blickte zu seinem Vater hinüber und bemerkte, dass diesem die Augen zugefallen waren. Mr. Beaver schlief. Kaum ein Laut störte die Stille in den Wäldern.

Sam war ebenfalls müde und schläfrig. Er zog sein Notizbuch hervor und setzte sich an den Tisch zu der Petroleumlampe. Dann schrieb er:

> Heute Abend hörte ich Louis Trompete spielen. Mein Vater hörte es ebenfalls. Der Wind stand günstig, und ich konnte, als die Dunkelheit hereinbrach, die Klangfolge zum Zapfenstreich erkennen. Auf der ganzen Welt gibt es nichts, was ich lieber mag als Louis' Trompete. Was bedeutet »Insessoren«?

Sam legte sein Notizbuch beiseite. Er zog sich aus und schlüpfte ins Bett. Dort lag er und grübelte, was »Insessoren« wohl bedeuten mochte. In weniger als drei Minuten schlief er bereits tief und fest.

Am Weiher legte Louis seine Trompete beiseite. Die jungen Schwäne krochen unter die Flügel ihrer Mutter. Dunkelheit senkte sich über die Wälder, Felder und Sümpfe. Ein Seetaucher ließ seinen Abendruf ertönen. Louis entspannte sich und wartete auf den Schlaf. Er dachte, wie glücklich er doch war, dass er diese schöne Erde bewohnen durfte und dass er seine Schwierigkeiten mithilfe der Musik überwunden hatte. Und wie schön es war, sich auf eine neue Nacht des Schlafens freuen zu können und auf den nächsten Tag, auf den kühlen Morgen und das Licht, das mit dem Tag zurückkehren würde.

ÜBERSETZUNG DER LIEDERTEXTE

»Day is done…« (Seite 123)

Der Tag ist vorbei, verschwunden die Sonne von dem See, von den Hügeln, vom Himmel. Alles ist gut, schlafe ruhig, Gott ist nah.

»Row, row, row your boat…« (Seite 148)

Ru-, ru-, ru-der dein Boot
sanft hinab den Strom,
heiter und glücklich, munter und froh,
das Leben ist ein Traum.

»There's a small Hotel with a wishing well...« (Seite 156)

Es gibt ein kleines Hotel,
das freundlich uns empfängt.

dazu: (Seite 157):

Und wenn die Kirchturmglocke spricht:
»Gut Nacht und schlafe wohl«,
danken wir dem kleinen Hotel.

dazu: (Seite 164)

Es gibt ein kleines Hotel,
das freundlich uns empfängt,
ich wünschte, du könntest jetzt bei mir sein.

»Beautiful dreamer, wake unto me...« (Seite 189)

Schöne Träumerin, wache auf und sieh, wie die Sterne und Tautropfen glitzern.

Alle Schreckenstein-Abenteuer auf einen Blick

Band 1
Die Jungen von Burg Schreckenstein
OMNIBUS Nr. 20801

Band 2
Auf Schreckenstein geht's lustig zu
OMNIBUS Nr. 20802

Band 3
Auf Schreckenstein gibt's täglich Spaß
OMNIBUS Nr. 20803

Band 4
Die Schreckensteiner auf der Flucht
OMNIBUS Nr. 20804

Band 5
Das Rätsel von Burg Schreckenstein
OMNIBUS Nr. 20805

Band 6
Zwei Neue auf Burg Schreckenstein
OMNIBUS Nr. 20806

Band 7
Alarm auf Burg Schreckenstein
OMNIBUS Nr. 20807

Band 8
Graf Dracula auf Schreckenstein
OMNIBUS Nr. 20808

Band 9
Verschwörung auf Burg Schreckenstein
OMNIBUS Nr. 20809

Band 10
Raub auf Burg Schreckenstein
OMNIBUS Nr. 20810

Band 11
Das Burggespenst von Schreckenstein
OMNIBUS Nr. 20811

Band 12
Spione auf Burg Schreckenstein
OMNIBUS Nr. 20812

Band 13
Dreizehn schlägt's auf Schreckenstein
OMNIBUS Nr. 20813

Band 14
Der Zauberer von Schreckenstein
OMNIBUS Nr. 20814